CARLSEN MANGA! NEWS
Jeden Monat neu per E-Mail
www.carlsenmanga.de
www.carlsen.de

CARLSEN COMICS
Deutsche Ausgabe/German Edition
1 2 3 4 12 11 10 09

Aus dem Japanischen von Antje Bockel

Vampire Knight Ice Blue no Tsumi
by Matsuri Hino and Ayuna Fujisaki

First published in Japan in 2008 by HAKUSENSHA, INC. Tokyo
German language translation rights in Germany arranged with
HAKUSENSHA, INC., Tokyo through TOHAN CORPORATION, Tokyo

Lektorat: Anne Berling, Isa-Bella Jung
Textbearbeitung: Ulrike Hahne
Satz: TypoForum GmbH, Seelbach
Herstellung: Gunta Lauck
Druck und buchbinderische Verarbeitung:
GGP Media GmbH, Pößneck

ISBN: 978-3-551-75003-7
Printed in Germany

Matsuri Hino & Ayuna Fujisaki

1

VAMPIRE KNIGHT

Eisblaues Verbrechen

NIPPON NOVEL

CARLSEN MANGA!

Dieses Werk ist Fiktion.
Ähnlichkeiten zu real existierenden Personen und Gruppierungen sind rein zufällig.

INHALT

YUKI KUROSU

Adoptivtochter von Rektor Kurosu. Als kleines Kind wurde sie von einem Vampir angegriffen. Kaname rettete sie, doch ihre Erinnerung an die Zeit davor ging verloren.

ZERO KIRYU

In der Ausbildung zum Vampire Hunter. In der Erzählung »Augenblicke« ist er elf Jahre alt. Später wird er von einem reinblütigen Vampir gebissen…

KAITO

Sein Ziel ist es, Vampire Hunter zu werden. Einen Teil seiner Ausbildung absolvierte er gemeinsam mit Zero.

ICHIRU KIRYU

Zeros Zwillingsbruder. Von Geburt an kränklich.

TOGA YAGARI

Extrem fähiger Vampire Hunter. Lehrmeister von Zero und Ichiru.

Struktur der Cross Academy

NIGHT CLASS – HAUS MOND

SCHUL-GEBÄUDE

DAY CLASS – HAUS SONNE

Guardians

Die Day Class nutzt das Schulgebäude am Tag, die Night Class in der Nacht. Am Abend findet der Wechsel statt. Die Guardians (Vertrauensschüler) fungieren als Wachen, damit nicht herauskommt, dass die Schüler der Night Class ausnahmslos Vampire sind.

REKTOR KUROSU

Direktor der Cross Academy. Sucht begabte Jugendliche, die eine Brücke zwischen Menschen und Vampiren bilden sollen.

* Reinblüter: Vampir, dessen Abstammung keinen Tropfen menschlichen Bluts enthält und der mächtige Fähigkeiten besitzt. Seine Opfer werden zu Vampiren.

Charaktere

HANABUSA AIDO

Adliger Vampir der Night Class. Agiert insgeheim als Kanames Berater und besitzt die besondere Fähigkeit, Dinge gefrieren zu lassen. Sein Spitzname ist Idol-senpai.

KANAME KURAN

Klassensprecher der Night Class. Reinblütiger Vampir mit unfassbaren Fähigkeiten.

FUKA KISARAGI

Schülerin der Day Class. Schwärmt für Kaname.

AKATSUKI KAIN

Schüler der Night Class. Besitzt die besondere Fähigkeit, Dinge in Flammen zu setzen. Sein Spitzname ist Wild-senpai.

TAKUMA ICHIJO

Stellvertretender Klassensprecher der Night Class. Nach Kaname der hochrangigste Vampir der Klasse.

RUKA SOEN

Vampir der Night Class. Kindheitsfreundin von Hanabusa und Akatsuki. Hat Gefühle für Kaname.

EISBLAUES VERBRECHEN

I

Den Sankt-Schokolatius-Tag gibt es nur einmal im Jahr, und an diesem Tag möchte jedes Mädchen seinem Angebeteten Schokolade schenken. Das ist wohl im Teenageralter so, oder?

Doch so bescheiden dieser Wunsch ist, so hoch sind die Hürden zu seiner Verwirklichung. Vor allem hier, an der Cross Academy, musste man am Sankt-Schokolatius-Tag mit erbarmungslosen Kämpfen rechnen. An diesem Tag wurde abends beim Klassenwechsel das ›Mädchen aus der Day Class an die Tore! Wie viele können ihre Schokolade übergeben?!‹-Rennen veranstaltet, doch da nahezu alle Day-Class-Schülerinnen bereits morgens mit dem Gedrängel anfingen, waren die Siegchancen verschwindend gering.

»Ach, verdammt …! Ich schätze, das kann ich vergessen! Bei der Masse von Mädchen, die es auf Kaname-sama abgesehen haben …«

Kaname Kuran war der Klassensprecher der Night Class und Vorstand des Hauses Mond – ein wundervoller Märchenprinz, der selbst unter den Schülern der Night Class, diesem hochintelligenten und zugleich gut aussehenden Haufen, auf Grund seiner Schönheit hervorstach.

An der Cross Academy teilten sich die ›Day Class‹ und die ›Night Class‹ ein Schulgebäude, und abends, wenn der Wechsel stattfand, gab es regelmäßig einen Riesenaufruhr. Am Sankt-Schokolatius-Tag musste man davon ausgehen, dass alle Mädchen heiß darauf waren, ihre Schokolade zu übergeben ... Es wäre zwar übertrieben, zu behaupten, das Ganze bedeute eine Gefahr für Leib und Leben. Aber es war doch ziemlich unwahrscheinlich, dass man seine Schokolade an den Mann bringen konnte. Außerdem hatte Fuka Kisaragi sich selbst noch ein höheres Ziel gesetzt: Sie wollte unbedingt als Erste ihre Schokolade übergeben!

»Uuuh ... Kaname-sama ist echt zu beliebt ...«, dachte sie, doch sie wollte sich nicht entmutigen lassen. Also fasste Fuka, die die erste Klasse der Day Class besuchte, einen Entschluss: »Na gut, wenn die ehrliche Methode nicht ans ersehnte Ziel führt, dann bleibt mir nichts anderes übrig!«

Die Maßnahme der Stunde lautete: »Ich bringe Kaname-sama die Schokolade einfach auf sein Zimmer!«

Nachdem sie sich einmal dazu entschlossen hatte, gab es kein Halten mehr! Der Sankt-Schokolatius-Tag war für verliebte Mädchen nun einmal der Tag der Entscheidungsschlacht.

Klack, Klack! Um diese Zeit klang schon das Geräusch der Schritte ein wenig unheimlich. Fuka lief schnell weiter, ohne sich darum zu kümmern, dass ihre halblangen wuscheligen Haare durcheinandergerieten. Kanae, ein Mädchen mit Brille, lief hinter der übermütig drauflosstürmenden Fuka her und sah sich unsicher um.

»Komm, lass uns umkehren, Fuka! Wenn man uns entdeckt, kriegen wir garantiert Ärger! Außerdem ist es total idiotisch, in das Haus Mond zu gehen!«

Es war mitten in der Nacht – brave Schüler lagen um diese Zeit längst im tiefsten Schlummer, und so herrschte ringsum Totenstille.

»Das Lichterlöschen ist schon vorbei, und wir verstoßen außerdem gegen die nächtliche Ausgangssperre! Die Schulordnung ...«, wandte Kanae mit ängstlicher Stimme ein, doch Fuka lief weiter.

»Du kannst ruhig zurückgehen, Kanae! Ich führe mein Vorhaben alleine durch«, sagte sie.

»Als deine Zimmergenossin und beste Freundin habe ich die Pflicht, dich von diesem unüberlegten Plan abzubringen!«

Kanaes Entrüstung ließ Fuka leise aufseufzen. Sie ist so

schrecklich anständig … hätte ich ihr bloß nichts gesagt! Jetzt macht sie sich nur unnötig Sorgen!, dachte sie.

»Hey, Fuka, hörst du mir überhaupt zu? Komm, lass uns umkehren, bevor uns noch jemand erwischt!«

Fuka verstand Kanae durchaus. Hier an der renommierten Cross Academy versammelten sich ausschließlich Kinder aus gutem Hause und nur wenige von ihnen hatten den Mut, einfach mal eben ein paar Schulregeln zu brechen. Auch Fuka war vorher noch nie nachts draußen gewesen, geschweige denn, dass sie sich ins Haus Mond gewagt hätte.

»Ich will mich heute nur ein bisschen umsehen. Da wird schon nichts schiefgehen, du kannst also ruhig zurückgehen!«

»Fukaaa …«

Kanaes Stimme zitterte leicht. Vielleicht hatte sie begriffen, dass sie ihre Freundin nicht von ihrem Vorhaben abbringen konnte. Fuka verstand, dass Kanae sich Sorgen machte und fand das auch sehr lieb von ihr. Wenn sie erwischt würde, würde man sie nicht nur einfach wieder in ihr Haus zurückeskortieren. Sie würde sicher einen Strafaufsatz schreiben müssen und sich dazu noch eine gepfefferte Predigt sowohl von ihrem Lehrer als auch vom Hausvorstand des Hauses Sonne anhören müssen. Schlimmstenfalls würde sie sogar eine Zeit lang suspendiert! Das wäre ziemlich übel. Ihre Eltern würden informiert … Bei diesem Gedanken brach ihr der kalte Schweiß aus. Aber trotzdem … Nein, sie durfte sich nicht beirren lassen. Sie musste einfach nur daran denken, dass sie dies alles für Kaname-sama tat, dann hatte sie auch keine Angst mehr!

Am Sankt-Schokolatius-Tag schenkt man demjenigen, den man liebt, Schokolade. Und man schenkt nicht nur einfach Schokolade, sondern gleichzeitig Gefühle. Bewunderung. Herzklopfen. Die seltsamen, aufwühlenden Empfindungen, die man in seinem Herzen trägt. Das überaus merkwürdige Glücksgefühl, das einen so verzaubert.

Kaname musste schon wirklich eine ungewöhnliche Person sein, wenn allein sein Anblick bei ihr so heftige Emotionen auslöste. Doch gerade deshalb … Er musste sie ja nicht bemerken. Er, dem sie am liebsten sämtliche Adelstitel verliehen hätte: Erster Fürst der Academy, Prinz, Majestät … musste sie ja nicht entdecken. Trotzdem, dachte sie, Kaname-sama … ich bin hier. Und ich liebe dich …! Das sollte er unbedingt erfahren, sonst nichts. Und deshalb wollte sie ihm am Sankt-Schokolatius-Tag als Erste ihre Schokolade überreichen. Nach langem Grübeln war sie daher auf ihre ›Ich bringe Kaname-sama die Schokolade auf sein Zimmer!‹-Strategie verfallen. Wenn sie an besagtem Tag morgens ihre Schokolade an den Balkon seines Zimmers brächte, könnte sie ihm diese vor allen anderen übergeben.

»Um meine Strategie erfolgreich in die Tat umzusetzen, muss ich unbedingt vorher das Terrain erkunden! Also lass mich bitte gehen!«

»Du bist so stur, Fuka! Soll man das jetzt mutig oder planlos oder waghalsig nennen …?«

»Ach was! Manchmal muss man eben mit dem Kopf durch die Wand! Außerdem gibt es diesen Sankt-Schokolatius-Tag nur ein Mal im Jahr! Und diese Chance möchte ich auf keinen Fall verpassen!«

»Ach, mir reicht's! Okay, es war bescheuert von mir, meine beste Freundin von diesem Gewaltakt abhalten zu wollen. Mach doch, was du willst! Ich hoffe, du wirst es nicht bereuen!« Mit diesen Worten drehte Kanae sich wütend auf der Ferse um.

Fuka rief ihr hinterher: »Warte, Kanae!«

»Was denn? Jetzt ist es zu spät für eine Entschuldigung!«, meinte Kanae. Sie drehte sich aber dennoch um, in der Hoffnung, Fuka hätte es sich anders überlegt. Doch Fuka legte nur die Hände in einer bittenden Geste zusammen. Kanae sah sie fragend an.

»Bitte, mach mir eine Räuberleiter! Ich werde dich auch nie wieder um etwas bitten!«

»Hah …?«

»Na ja, mit einer Räuberleiter komme ich am besten auf diese Mauer rauf! Komm schon, bitte!«

»Ich fass es nicht! Für wen hältst du mich eigentlich?«, rief Kanae entrüstet.

Tatsächlich gab es in der soliden Mauer keine Möglichkeit, sich mit den Füßen abzustützen, und hinüberzuspringen schien auch ziemlich unmöglich. Natürlich wäre die sicherste Methode, auf das Gelände des Hauses Mond zu kommen, den Haupteingang zu benutzen. Doch den Schülern der Day Class aus dem Haus Sonne war es genauso wie den Schülern der Night Class aus dem Haus Mond verboten, das jeweils andere Haus zu betreten. Daher konnte sie wohl kaum vorne durch das Tor hineinmarschieren. Noch dazu bestand um diese Zeit Ausgangssperre. Darum hatte sich Fuka kühn dazu entschlossen, über die Mauer zu klettern.

»Also? Willst du mir nicht doch helfen?«

Fukas große glänzenden Augen sahen Kanae flehend an. Ihre Freundin schwieg für eine Weile verbissen, doch schließlich gab sie ihren Widerstand auf.

»Na gut. Jetzt sind wir eh schon so weit gegangen. Ich werde dir helfen!«

Trotz ihrer Schimpferei mochte Kanane die etwas starrköpfige Fuka doch gerne. Wenn ihre Freundin sich etwas in den Kopf gesetzt hatte, war sie nun mal nicht davon abzubringen.

»Du hast was gut bei mir! Nach dem Sankt-Schokolatius-Tag gehen wir zusammen in die Stadt und ich lad dich zu etwas Schönem ein.«

»Das brauchst du gar nicht. Sieh lieber zu, dass nichts schiefgeht, okay? Komm heil wieder zurück, versprich mir das!«

»Geht klar!«

Nachdem Fuka ihre Freundin umgestimmt hatte, kletterte sie mit ihrer Hilfe auf die Mauer. Sie war sportlich und es bestand kaum Gefahr, dass sie herunterfallen würde. Oben auf der Mauer sah sie hinüber zu dem grandiosen Gebäude, das vor ihr aufragte: das Haus Mond.

»Okay, ich bin dann mal weg!«, rief sie Kanae leise zu und verschwand.

»Viel Glück, Fuka …«, flüsterte Kanae, die allein zurückblieb.

»Uwaah…!«

Beim Herunterklettern hatte Fuka in ihrer Ungeduld das Gleichgewicht verloren und sich beim Aufkommen auf dem Boden mit beiden Händen abfangen müssen. Ihre Handflächen waren blutig. Offenbar hatte sie sich die Haut aufgeratscht. Außerdem schmerzten ihre Beine, da sie ziemlich tief gefallen war.

»Autsch … tut das weh! Aber immerhin hab ich's geschafft! Ich bin drin!«

Für einen Moment hockte sie mit Tränen in den Augen auf dem Boden und verbiss sich den Schmerz, doch sie durfte natürlich keine Zeit verlieren. Sie musste schnell herausfinden, wo genau Kaname-samas Zimmer lag. Ja, wo war es eigentlich? Da Day Class und Night Class strikt voneinander getrennt waren, hatte sie keine Ahnung, wie es im Haus Mond aussah. Sie überlegte kurz, dann kam ihr eine Idee.

»Na klar! Er ist Hausvorstand, daher hat er mit Sicherheit ein prächtiges Zimmer. Also suche ich vielleicht am besten nach einem Fenster mit teuren Gardinen!«

Mit dieser Überlegung im Kopf setzte Fuka sich in Richtung des Gebäudes in Bewegung.

Von der Mauer war es noch ein gutes Stück bis zum Haus Mond. Fuka achtete darauf, beim Gehen möglichst wenig Geräusche zu machen. Sie betrat die Parkanlage. Das Gebäude stand am anderen Ende des Parks. Obwohl es schon nach Mitternacht war, waren viele Fenster erleuchtet. Der Unterricht der Night Class fand in der Regel in den Stunden bis zum Tagesanbruch statt. Nur schien das Unterrichtssystem sich ein wenig von dem der Day Class zu unterscheiden: Zum Beispiel konnten die Night-Class-Schüler beliebig kommen und gehen und sie studierten verschiedene Fachgebiete.

Das Haus Mond kommt mir schrecklich riesig vor, dachte Fuka und musste unwillkürlich schlucken. Genau in diesem Moment hörte sie von irgendwoher eine angenehme Stimme.

»Na, so was! Ein Mädchen sollte aber nachts nicht alleine herumlaufen!«

Oh nein ... hat man mich entdeckt?, dachte Fuka entsetzt. Für einen Augenblick war sie wie erstarrt. Dabei hatte sie doch nirgendwo eine Menschenseele gesehen ...!

»Bist du aus der Day Class ...?«

»Entschuldigung! Ich bin unerlaubt hier eingedrungen! Ähm ... Es tut mir leid!«

Überrumpelt verbeugte Fuka sich hastig und versuchte gar nicht herauszufinden, mit wem sie es zu tun hatte. Doch die einzige Reaktion war Stille.

»Ähm ...?«

Als Fuka sich zögernd aufrichtete und sah, wer vor ihr stand, wäre sie fast in Ohnmacht gefallen.

»Ka...Kana... Kuran-senpai?!«

Seidige schwarze Haare bewegten sich sanft in der leisen nächtlichen Brise. Melancholische Augen, ein schlanker, wohlproportionierter Körper, ein atemberaubend schönes Gesicht ... Der Besitzer all dieser Attribute stand vor ihr. Es war Kaname Kuran, genau die Person, die der Grund für Fukas unerlaubtes Eindringen war. Was hatte sie für ein Riesenglück! Natürlich war es dumm, dass sie erwischt worden war. Aber von Kaname-sama entdeckt zu werden, also, das war doch ein ziemlicher Glücksfall!

Auch wenn dieses unerwartete Ereignis sie total durcheinanderbrachte, war sie innerlich außer sich vor Freude. Sie

hatte nicht damit gerechnet, dass sie Kaname hier treffen würde, und außerdem war sie ihm noch nie zuvor so nahe gewesen. Wenn sie normalerweise beim Klassenwechsel auf das Erscheinen der Night Class wartete, ließ sie den Senpais der Day Class immer den Vortritt und schmachtete Kaname unauffällig aus dem Hintergrund an.

Schon aus der Entfernung war er hübsch, doch aus der Nähe war er einfach umwerfend. Im sanften Mondlicht sah er wirklich wie ein echter Märchenprinz aus. So als würde er sich in Luft auflösen, wenn man ihn anspräche. Als würde er verschwinden, wenn man ihn berührte … Fukas Wangen färbten sich flammend rot.

»Bist du okay? Ist dir vielleicht schlecht?«

Kaname runzelte besorgt die Stirn und beugte sich vor, um Fuka ins Gesicht zu sehen. Als er ihr so nahe kam, meinte Fuka, ihr Herz würde gleich zerspringen.

»M…Mir geht's gut. Alles in Ordnung …!«, stotterte sie.

»Wirklich? Gut, dann geh schön zurück auf dein Zimmer. Die Nacht ist voller Gefahren …«

»Eh? Ähm, wirst du den Lehrern von meinem Besuch berichten …?«

Das würde eine saftige Strafe bedeuten. Aber das hatte sie einkalkuliert, seit ihr diese Idee gekommen war. Sie bereute gar nichts, denn sie hatte Kaname ganz alleine gegenübergestanden und sogar mit ihm geredet!

Kaname legte mit einer eleganten Bewegung seinen Zeigefinger an die Lippen.

»Das, was heute Nacht passiert ist, wird unser Geheimnis bleiben.«

»Geheimnis? Aber warum ...?«

»Ich habe dir heute Nacht eine schöne Entdeckung zu verdanken ... dafür verrate ich dich nicht.«

Hingerissen von seinem umwerfenden Lächeln nickte Fuka wie in Trance. Sein Lächeln war freundlich und es hatte zugleich eine Kraft, die keinen Widerspruch zuließ. Mir zu verdanken? Was mag er denn entdeckt haben?, fragte Fuka sich. Kaname nickte zufrieden, da sie sich trotz ihrer Verwirrung fügte, und richtete dann seinen Blick hinter sie. Mitten in die Finsternis, wo eigentlich niemand sein konnte.

»Also ... der Ausgang ist da drüben. Sei vorsichtig auf dem Heimweg. Aido, Kain, Ruka, Ichijo ... begleitet sie bitte zum Tor.« Fuka legte verwundert den Kopf zur Seite, als direkt neben ihr aus der Finsternis von dort, wo doch eigentlich niemand sein konnte, klar und deutlich geantwortet wurde.

»Verstanden.«

»Wir bringen sie vors Tor.«

Mit diesen Worten tauchten Hanabusa Aido und Akatsuki Kain vor ihnen auf.

»Aido-senpai, Kain-senpai ...?«, entfuhr es Fuka. Sie schlug die Hände vor den Mund. Ich glaub's nicht!, dachte sie.

Da sind ja auch Ichijo-senpai und Soen-senpai! Denn jetzt waren auch Vize-Hausvorstand Takuma Ichijo und Ruka Soen aus der Dunkelheit aufgetaucht. Es war schier unfassbar, dass hier genau die vier Personen vor ihr versammelt waren, die Kaname von den Schülern der Night Class ganz besonders nahestanden! Aido mit seinem zarten, schönen Gesicht war der reinste Popstar. Kain, der neben ihm stand, machte im Vergleich zu seinem Cousin einen reichlich wilden Eindruck. Der bildschöne Ichijo wirkte erwachsen und ruhig, während Ruka so reizend und hübsch war wie eine antike Puppe.

»Aber mal was anderes, ich wusste gar nicht, dass es ein Mädchen wie dich in der Day Class gibt … Wobei, vielleicht hab ich dich doch schon mal irgendwie bemerkt …«

Trotz der Dunkelheit erkannte Fuka, dass Kaname lächelte. Bedeutete das, dass er sie hübsch fand? Oder wollte er damit sagen, wie kann man nur so blöd sein und gegen die Schulordnung verstoßen? Sie wurde rot. Um ihre Verwirrung zu bekämpfen, presste sie die Handflächen gegen ihre Wangen und ermahnte sich: »Beruhige dich, Fuka!«

Ruka, die neben Kaname stand, beachtete sie gar nicht und flüsterte ihm leise zu: »Wir haben eine Information bekommen, die für unsere Forschung nützlich ist, nicht wahr, Kaname-sama?«

»Nun, wenn du dieser Meinung bist, dann kannst du eure Bekanntschaft ja gleich ein wenig vertiefen, während du sie begleitest.«

Da auch Kaname nur ganz leise antwortete, verstand Fuka seine Worte nicht.

»Also, gehen wir. Die Nacht ist schon weit fortgeschritten.«

»O...Okay!«

Erschrocken kam Fuka wieder zu sich, als Ruka sie ohne Umschweife am Arm fasste. Das anmutige Mädchen war erstaunlich kräftig, ihr Griff duldete keinen Widerstand. Widerwillig setzte Fuka sich in Bewegung, während sie ihre Augen kaum von Kaname lösen konnte. Kaname beantwortete ihren sehnsüchtigen Blick mit einem Winken.

»Gute Nacht ... ähm ...«

Als er stockte, fiel Fuka auf, dass sie sich noch nicht einmal vorgestellt hatte.

»Kuran-senpai, ich bin Fuka!«, rief sie.

»Gute Nacht, Fuka-chan.«

Innerlich quietschte sie vor Begeisterung. Kaname-sama, Kaname-sama hat mich mit meinem Namen angesprochen!

»Gute Nacht!«

Mit einem strahlenden Lächeln verabschiedete sie sich. Vor lauter Freude merkte Fuka gar nicht, dass Ruka, die sie nach wie vor am Arm festhielt, ein ziemlich böses Gesicht machte.

»Übrigens ... wieso bist du eigentlich hier eingedrungen?«, fragte Kain.

Aus ihren Träumen gerissen antwortete Fuka hastig: »Oh,

ich … also, ich wollte Kuran-senpai am Sankt-Schokolatius-Tag als Erste meine Schokolade übergeben. Darum habe ich sein Zimmer gesucht.«

»Wie waghalsig …! Da war Kaname bestimmt auch verblüfft.«

Ichijo, die einzige Person, die Kaname bei seinem Vornamen nennen durfte, lächelte sie offen an.

»In der Tat ein interessanter Einfall!«

Kain schien sich über Fukas mutigen, besser gesagt tollkühnen Plan zu amüsieren.

»Man muss zugeben, so ein Mädchen hat es bisher noch nicht gegeben!«, war Rukas barsche Reaktion, während sie angewidert den Kopf abwandte. Aido sagte als Einziger gar nichts und folgte Kain schweigend.

Da er beim Klassenwechsel den Mädchen der Day Class immer mit einem liebenswürdigen Lächeln begegnete, empfand Fuka sein Verhalten ein wenig befremdend. Ob er vielleicht in Wirklichkeit ein besonders korrekter und ernsthafter Mensch war …? Vielleicht wollte er mit dieser unverschämten Person, die mitten in der Nacht bei ihnen eingedrungen war, noch nicht einmal reden?

»Ah … da ist ja der Haupteingang. Sei vorsichtig! Von hier kannst du alleine weitergehen. Wir Night-Class-Schüler dürfen dich ja nicht bis zum Haus Sonne begleiten …«

Fuka war erleichtert, endlich wieder ihre vertraute Welt vor sich zu haben, und verbeugte sich höflich.

»Entschuldigt bitte vielmals. Grüßt Kuran-senpai von mir. Ich verspreche, dass ich nie wieder in das Haus Mond eindringen werde.«

»Ach, warum denn nicht? Du kannst uns jederzeit besuchen kommen! Ein so interessantes Mädchen wie dich hat es bisher noch nicht gegeben ... Du bekommst eine Ausnahmeerlaubnis!«

Fuka machte unwillkürlich einen Satz rückwarts, als Ruka sie plötzlich so liebenswürdig anlächelte.

»Wirklich?!«, fragte sie ungläubig.

»Du hast Recht. Da sie Hausvorstand Kuran ja auch zu gefallen schien, warum nicht?«

Kain hatte die Arme hinter dem Kopf verschränkt und stimmte ebenfalls zu.

»Beim nächsten Mal kommst du einfach vorne durch den Haupteingang. Du darfst aber niemandem davon erzählen, klar?«

»Ja, verstanden! Ich sag's niemandem!«

»Also dann, bis demnächst!«

»Ja, auf Wiedersehen!«

Während ihre Begleiter ihr nachsahen, trat Fuka durch das Tor und lief beschwingt los. Wahnsinn!, dachte sie, das gibt's doch gar nicht! Ich habe mit Kaname-sama geredet, er hat mich mit meinem Namen angesprochen, und ich darf wieder zu Besuch kommen! Das muss ich sofort Kanae erzählen!

»Ups!«

Sie blieb auf der Stelle stehen. Richtig! Sie durfte Kanae nichts verraten ... Es tat ihr wirklich im Herzen weh, dass sie selbst ihrer besten Freundin gegenüber, die ihr bei dieser Aktion geholfen hatte, Schweigen bewahren musste. Natürlich freute sie sich, dass sie Ruka und die anderen Night-Class-Schüler kennengelernt hatte. Sie musste nun aber auch ein Geheimnis bewahren. Irgendwie fühlte sie sich komisch. Aber sie hatte es nun mal versprochen ...

»Es tut mir leid, Kanae!«, entschuldigte sie sich im Stillen bei ihrer Freundin, die in diesem Moment sicher tief und fest schlief. Davon abgesehen ... sie hatte die Schüler der Night Class immer für unnahbar gehalten, doch nun fühlte sie sich ihnen schon ein bisschen näher. Bestimmt waren sie alle sehr nett, wenn man erst mal mit ihnen ins Gespräch kam ...

Es war schon kurz vor Tagesanbruch. Tänzelnd machte sich Fuka auf den Weg zu ihrem Zimmer. Sie dachte nicht einmal darüber nach, warum sie wohl als Einzige eine Sonderbehandlung erfuhr.

»Unser nächtlicher Gast ist unversehrt im Haus Sonne angekommen.«

Kaname hatte sich in seinem Zimmer auf dem Sofa ausgestreckt und lauschte Ichijos Bericht.

»Ah ja …«

»Ähm, Fuka-chan hieß sie, nicht wahr? Ihrer Begeisterung nach zu urteilen, wird sie bestimmt bald wieder hier auftauchen. Deshalb sollten wir möglichst schnell die entsprechenden Vorbereitungen treffen, damit sie am Tor nicht abgewiesen wird. Ach, Aido sah übrigens ziemlich miesepetrig aus. Er ist wohl zu eigen …«

Kaname verzog die Lippen zu einem lässigen und sehr sanften Lächeln.

»Ja …«

Ichijo zog mit einer geübten Bewegung die Vorhänge an Kanames Zimmerfenster zu. Es war kurz vor Sonnenaufgang: Die Menschen erwachten – höchste Zeit für die Vampire, schlafen zu gehen.

II

»Haaah …«

Fuka war selig. Hinter ihrem Schulbuch versteckt, seufzte sie zufrieden und war mit sich und der Welt im Reinen. Ich hätte nicht im Traum daran gedacht, mal das Haus Mond besuchen zu dürfen! So kann ich meine Schokolade als Allererste abgeben! Vielleicht, ganz vielleicht … kann ich sie Kaname-sama sogar direkt überreichen?!

Das Lächeln in ihrem Gesicht wurde immer breiter. Oder noch besser: Ich versuche mich an selbst gemachter Schokolade! Genau! Ich kann ja sicher sein, dass er sie persönlich entgegennimmt!

Fuka Kisaragi, 16 Jahre alt.

Frühlingserwachen eines Teenagers.

Ob Kaname-sama Süßes mag? Vielleicht zieht er Bitterschokolade vor? Oder einen Schokoladenkuchen … Hm, was mache ich bloß? Ach, wenn das meine einzigen Probleme sind, dann bin ich glücklich!, dachte sie.

»Hallo, Kisaragi! Hörst du überhaupt zu?«

»Aua!«

Jäh wurde Fuka aus ihren Tagträumen gerissen. Der Mathematiklehrer hatte ihr mit seinem riesigen Geodreieck eins übergebraten und sie genau mit der scharfen Ecke getroffen…

»… Sensei!«

Vor Schmerz schossen Fuka die Tränen in die Augen. Sie sah zu ihrem Lehrer auf.

»Was träumst du hier rum?! Wenn du keine Lust hast, dich zu beteiligen, kannst du dem Unterricht gerne fernbleiben!«

Der Lehrer wies mit dem großen Geodreieck auf die Aufgabe an der Tafel. Fuka hatte überhaupt nicht mitbekommen, dass er sie aufgerufen hatte. Für Schüler der renommierten Cross Academy gab es nichts Peinlicheres, als im Unterricht getadelt zu werden.

»Entschuldigen Sie bitte …!«

Schnell stand sie auf und ging nach vorne, um die Aufgabe zu lösen.

Das gedämpfte Läuten der Schulglocke erlöste die Schüler vom Vormittagsunterricht. Endlich war Mittagessenszeit! Fuka setzte sich neben Kanae und beide öffneten ihre Lunchpakete, die sie zuvor am Kiosk gekauft hatten.

»Hey, Fuka! Du bist total aus dem Häuschen, weil deine Aktion so erfolgreich war, was?! Du hast im Unterricht die ganze Zeit gegrinst!«

Fuka lachte verlegen. Es war ihr zwar schwergefallen, aber sie hatte ihr Versprechen gehalten und Kanae nichts von der letzten Nacht erzählt, außer dass sie Kanames Zimmer gefunden hätte. Dass sie von nun an im Haus Mond ein und aus gehen konnte, behielt sie selbstverständlich für sich.

Das Hauptthema der Mittagspause war natürlich der bevorstehende Sankt-Schokolatius-Tag. Aus allen Ecken hörte man fröhliches Geschnatter.

»Ich geb meine Schokolade Ichijo-senpai!«

»Aido-senpai würde ich auch gerne Schokolade übergeben …«

»Eh? Aber da ist die Konkurrenz zu groß, oder?«

»Ich glaube, ich nehme Kain-senpai.«

»Shiki-senpai ist aber auch umwerfend!«

Während sie den aufgeregten Stimmen ihrer Klassenkameradinnen lauschte, badete Fuka insgeheim im Gefühl ihrer Überlegenheit. Sie war den umschwärmten Senpais Ichijo, Kain und Aido gestern Nacht ganz nahe gewesen und hatte sogar mit ihnen geredet …! Noch dazu hatten die Senpais ihr angeboten, sie zu besuchen, wann immer sie mochte. Das musste allerdings ihr Geheimnis bleiben! Was für ein Glück, dass ich diese Aktion gestartet habe!, gratulierte sie sich selbst und biss zufrieden ein großes Stück von ihrem Sandwich ab.

Der Nachtwind war gnadenlos kalt. Fuka kuschelte sich noch mehr in ihren dicken Mantel und ging auf das Haus Mond zu. Sie sah ihren weißen Atem in der eisigen Luft zum Himmel aufsteigen.

»Entschuldige, Kanae! Nur noch ein einziges Mal ...«

In Gedanken entschuldigte sich Fuka bei ihrer besten Freundin, die in diesem Moment wahrscheinlich schon tief und fest schlummerte. Soen-senpai hat zwar gesagt, beim nächsten Mal solle ich durch den Haupteingang kommen, aber ... ich weiß nicht, ist das wirklich okay? Ich möchte nicht erwischt werden ... Sie blieb abrupt stehen. Überhaupt, das ist doch Wahnsinn ... Day Class und Night Class sind streng voneinander getrennt. Sie wollten mich bestimmt mit ihrem ›Komm uns jederzeit besuchen‹ auf den Arm nehmen!

Je mehr sie darüber nachdachte, desto merkwürdiger erschien ihr die Einladung. Wieso bin ich eigentlich so begeistert? Es war schon ein großes Glück, dass sie gestern ohne Ärger davongekommen war. Obendrein hatte sie sogar Kaname getroffen. Das war wie ein Wunder. Aber Wunder passieren eben nur sehr selten.

Ich bin doch nicht bescheuert ... Ich geh lieber wieder

zurück!, dachte sie und drehte sich auf dem Absatz um. Dabei knirschte der Kies leise unter ihren Füßen.

»Ah!«

Vor dem geöffneten Tor stand das Hausmädchen des Hauses Mond in strenger Haltung und wartete.

»Fuka Kisaragi-sama, bitte tretet ein.«

Hinter dem majestätischen Tor ragte das Haus Mond empor. Erneut war Fuka von dem prachtvollen Bau beeindruckt. Trotz der späten Stunde war er hell erleuchtet und wirkte wie eine Bastion gegen das nächtliche Dunkel. Ob der Unterricht schon aus ist? Hoffentlich sind alle schon wieder im Haus … Um nicht aufzufallen, dämpfte sie das Geräusch ihrer Schritte. Sie wollte gerade an die Tür klopfen, da wurde diese auch schon geöffnet.

»Ah, da bist du ja!«

Ruka empfing sie, als hätte sie nur auf die Day-Class-Schülerin gewartet. Dieses Timing war so überraschend, dass Fuka nach Luft schnappte. Sie war völlig überrumpelt.

»Äh … Ähm … guten Abend!«

»Es ist bestimmt kalt draußen. Komm doch rein!«

Im Inneren des Hauses war es angenehm warm. Sie betraten eine große Lobby, an deren Seite sich eine Treppe befand.

»Setz dich einfach irgendwohin«, forderte Ruka sie auf und verschwand in den ersten Stock.

Fuka nahm zögernd auf einem Sofa Platz und sah sich neugierig um. Nach einer Weile kam Ruka mit Ichijo, Aido und Kain zurück. Jeder von ihnen sah so gut aus, dass ihr gemeinsamer Auftritt etwas Prachtvolles hatte.

»Hallo, Fuka-chan, willkommen! Schön, dass du da bist!«

Ichijo begrüßte sie mit einem strahlenden Lächeln. Das aus dem Nichts aufgetauchte Hausmädchen deckte den Tisch mit Tee und Gebäck.

»Ähm ... guten Abend! Ich hoffe, ich störe nicht, aber ich wollte eure nette Einladung nicht ausschlagen!«

Bei diesen Worten war Fuka aufgestanden und hatte sich tief verbeugt.

»Wir haben schon mit dir gerechnet und deshalb früher mit dem Unterricht aufgehört. Setz dich doch!«, sagte Ichijo und nickte ihr lächelnd zu. Kain ließ sich neben ihr aufs Sofa plumpsen.

»Mach dir keine Gedanken!«

Sie fand diese lässige Bemerkung sympathisch, auch wenn sie gar nicht zu seinem grimmigen Gesichtsausdruck passte.

»Schließlich haben wir dich eingeladen.«

»Vielen Dank!«

Fuka war vor Nervosität ein wenig linkisch bei dieser nächtlichen Teeparty.

»Ähm, ihr studiert immer bis spät in die Nacht, nicht wahr? Alle Fenster sind noch hell erleuchtet ...«

Fuka war zutiefst beeindruckt – sie ahnte ja nicht, dass sie es hier mit waschechten Vampiren zu tun hatte. Tatsächlich stammten alle in der Night Class eingeschriebenen Schüler aus adligen oder zumindest dem Adel gleichgestellten Familien und waren Elitestudenten.

»Viele von uns büffeln auch in ihrer Freizeit den neuen Stoff, aber ich zum Beispiel lese auch manchmal Manga«, entgegnete Ichijo.

»Du liest Manga, Ichijo-senpai?«

»Ja, ich finde sie so lustig.«

»I…Ich auch!«

»Wirklich? Das hätte ich nicht vermutet. Schließlich besuchst du die renommierte Cross Academy!«

»Stimmt, wenn ich spät nachts noch Manga lese, schimpft meine Zimmerkameradin immer …«

»Ja? Ich wusste es doch! In der Day Class sind lauter disziplinierte Schüler«, meinte Kain und streckte die Hand nach seiner Teetasse aus.

»J…Ja, das ist wahr …«, sagte Fuka und wurde knallrot. Nachdem sie jedoch tollkühn über die Mauer geklettert war, konnte man sie kaum noch als disziplinierte Schülerin sehen…

Die Teetasse in ihren Händen war zart und hübsch, der Tee duftete nach Rosen und schmeckte vollkommen anders als jeder Tee, den sie bisher getrunken hatte. Beim Schlucken breitete sich von der Kehle her ein erfrischendes Gefühl aus, das nach und nach den ganzen Körper erfasste.

»Magst du Gebäck?«

»Oh ja, danke!«

Während sie sich bediente, warf Fuka heimlich einen Blick auf Aido. Er war der Einzige, der sich nur auf dem Sofa lümmelte und keine Anstalten machte, sich an dem Gespräch zu beteiligen. Er wirkt eigentlich so offen, aber vielleicht ist er doch eher ein schüchterner Typ, überlegte sie. Irgendwann wird er sicher auch mit mir reden.

Was Fuka aber viel mehr beschäftigte, war die Tatsache, dass sie die entscheidende Person, nämlich Kaname, nirgends erblicken konnte. Dabei hatte sie doch gehofft, dass sie ihn hier treffen würde. Als sie leise seufzte, warf ihr Ruka einen scharfen Blick zu.

»Was ist?«

»Ähm ... ist Kuran-senpai schon ins Bett gegangen?«

Sie hatte diese Frage leise an Ruka gerichtet, doch offenbar hatten alle anderen sie ebenfalls verstanden. Alle erstarrten, und für einen Moment schien ein eisiger Windhauch durch die angenehm warme Lobby zu wehen.

Was liegt denn hier auf einmal in der Luft?, fragte sich Fuka. Hatte sie sich die plötzliche Kälte nur eingebildet?

»Lass das ...«

Kain warf Aido einen tadelnden Blick zu. Aido ignorierte ihn und machte missgelaunt den Mund auf.

»Was willst du von Kaname-sama?«

Seine Blicke durchbohrten Fuka. Er braucht mich nur

böse anzusehen, und schon läuft es mir kalt den Rücken hinunter … Wieso ist er denn so wütend?, fragte sie sich. Sie verstand seinen Zorn nicht. Leicht zitternd brachte sie eine Antwort heraus.

»Ähm … ich wollte mich nur noch einmal bedanken …«

»Wirklich nur das?«

»Aber, aber, Hanabusa, jetzt mach mal nicht so ein grimmiges Gesicht. Nur weil du ein so leidenschaftlicher Fan von Hausvorstand Kuran bist, musst doch nicht gleich so böse dreinschauen, wenn mal jemand seinen Namen nennt!«

»Ich bin kein alberner *Fan*! Lass die blöden Scherze, Akatsuki!«

»Beruhige dich, Aido! Fuka-chan sieht schon ganz ängstlich aus, die Arme!«, griff Ichijo schlichtend ein. Kain lächelte Fuka an.

»Entschuldige. Hanabusa ist ein bisschen eigenartig, wenn es um den Hausvorstand geht«, meinte er und zwinkerte ihr wie im Scherz zu.

Aido war jetzt offenbar vollends schlecht gelaunt und starrte weiterhin zur Seite. Also hat Aido-senpai sich geärgert, weil ich von Kaname-sama geredet habe?, überlegte Fuka. War ihre Frage möglicherweise indiskret gewesen? Sie ließ niedergeschlagen den Kopf hängen.

Ruka, die bisher geschwiegen hatte, sprach sie nun freundlich an: »Kaname-sama schläft schon. Ich werde ihm sagen, dass du hier warst.«

»Okay, vielen Dank, Soen-senpai.«

Fuka war erleichtert, dass sich die Atmosphäre in der Lobby allmählich wieder entspannte. Doch dann fiel ihr Blick auf die Uhr. Sie erschrak.

»Schon so spät?!«

Angesichts Fukas Panik sahen nun alle gleichzeitig auf die Uhr, und Ichijo legte bedauernd den Kopf zur Seite.

»Für heute solltest du wohl ins Haus Sonne zurückgehen. Entschuldige, dass wir dich so lange hierbehalten haben! Wir haben ganz vergessen, dass du ja eine Schülerin der Day Class bist!«

»Aber nein, ich muss mich für eure Gastfreundlichkeit bedanken! Entschuldigt, dass ich mich so verplaudert habe.«

Ichijo hatte Fuka die ganze Zeit über freundlich angelächelt, war gut gelaunt und redete erstaunlich gern. Er macht einen sehr erwachsenen Eindruck, fand Fuka. Weil er so verantwortungsbewusst schien, begann sie unwillkürlich, ihn zu bewundern. Bestimmt war er auf Grund seiner Souveränität zum stellvertretenden Hausvorstand gewählt worden. Sie zog ihren Mantel an, den Ruka ihr gereicht hatte, und verbeugte sich an der Tür noch einmal.

»Es hat mir sehr viel Spaß gemacht!«

»Uns auch! Wir würden uns freuen, wenn du mal wiederkämst.«

»Genau. Besuch uns bitte wieder. Wir freuen uns auf dich!«

»Kain, Aido, begleitet Fuka-chan bitte. Es ist zu gefährlich für ein Mädchen mitten in der Nacht.«

»Verstanden!«, nickte Kain, während Aido neben ihm angewidert das Gesicht verzog.

»Ich will nicht.«

»Nichts da. Es ist gefährlich! Aido, dies ist ein *Befehl* von Kaname.«

»Sprich nicht in Kaname-samas Namen!«, fauchte Aido Ichijo an, griff aber trotzdem im nächsten Moment nach Fukas Arm.

»Los, gehen wir!«

»Also dann, auf Wiedersehen!«, verabschiedete sich Fuka bei Ichijo und Ruka, die an der Tür stehen geblieben waren, während Aido sie mehr oder weniger hinter sich her schleifte. Die beiden winkten ihr lächelnd nach.

»Ziemlich kalt ... Apropos, Kisaragi, wie fühlst du dich so?«

»Eh? Wie ich ... mich fühle?«

»Fühlst du dich nicht schlapp oder fiebrig oder so? Nichts dergleichen?«

»Nein, mir geht es gut ...«

»Ja?«

Fuka hatte den Eindruck, dass hinter Kains Frage etwas anderes steckte als nur die Sorge um ihr Wohlbefinden.

»Was soll denn mit mir sein?«

»Oh, nichts. Nur weil es so kalt ist ...«

Aido, der immer noch schwieg, warf Kain einen schnellen Blick zu, wandte seine Augen dann aber gleich wieder ab. Fuka würdigte er keines Blickes. Mit Aido-senpai komme ich wirklich nicht besonders gut klar, dachte sie. Aido wirkte eigentlich wie ein sehr freundlicher und umgänglicher Charakter. Deshalb hatte er in der Day Class eine Menge Fans. Ob er speziell sie nicht leiden konnte …? Während Fuka leicht deprimiert Aidos Rücken anstarrte, betrachtete Kain heimlich ihr Profil.

Kaum war Fuka verschwunden, wich der freundliche Ausdruck aus Rukas Gesicht. Sie hatte keinen Grund mehr, sich zu verstellen. Ihre fein geschnittenen Gesichtszüge glichen denen einer Porzellanpuppe, sie wirkten glatt und kalt, als ob sie keinerlei Körperwärme besäße. Hätte Fuka sie so gesehen, wäre sie sicher erschrocken.

»Du schaust vielleicht böse drein, Ruka!«

»Ich bin einfach nur erschöpft, Takuma-sama.«

Für einen Moment lag ein merkwürdiger Ausdruck in Ichijos Augen – dann drehte er sich auf dem Absatz um.

»Ich fand's ganz lustig. Du erlaubst, dass ich mich zurückziehe. Ich gehe Kaname Bericht erstatten. Gute Nacht, Ruka.«

»Gute Nacht!«

Allein zurückgeblieben betrachtete Ruka die Finsternis, die sich hinter dem Fenster ausbreitete.

»Dieses Mädchen hat wohl nichts gemerkt ...«, murmelte sie, während sie mit den Fingern ihre Haare zurückstrich. Ihr Flüstern erstarb in der Finsternis. Es war niemand da, der sie hätte hören können.

»Die Arme ...«

Im Gegensatz zu ihren Worten enthielt ihre Stimme nicht den Hauch von Mitgefühl. Ja – es gab für Ruka keinen Grund, Mitleid mit ›ihr‹ zu haben.

III

»Guten Abend!«

»Hallo, guten Abend! Wir haben schon auf dich gewartet, Fuka-chan! Bald können wir dir eine Auszeichnung als ›Regelmäßige Besucherin‹ verleihen!«

Fuka lachte geschmeichelt, als Ichijo sie so locker empfing. Sie war tatsächlich seit ihrem ersten unerlaubten Eindringen jeden Abend zu Besuch gekommen.

»Ich habe Kekse mitgebracht, die können wir nachher alle zusammen essen!«

Sie reichte Ichijo das hübsch eingepackte Mitbringsel. Er nahm es mit einer eleganten Bewegung entgegen.

»Hmm, die sehen ja lecker aus! Wir lassen uns gleich von der Hausmutter dazu einen schönen schwarzen Tee kochen!«

»Und vielen Dank für den Manga, den du mir geliehen hast. Er war unheimlich lustig!«

»Das freut mich, dass er dir gefallen hat! Den nächsten Band kannst du dir auch von mir ausleihen, sobald er rausgekommen ist.«

»Oh ja, gerne.«

»Gut, ich rufe mal die anderen. Wartest du kurz?«

Nachdem Ichijo im ersten Stock verschwunden war, setzte sich Fuka auf das Sofa. Ihre Treffen fanden immer hier in der Lobby statt. Man hatte ihr bisher keine anderen Räume gezeigt, geschweige denn eines der Privatzimmer der Bewohner. Dabei hätte sie so gerne mal gesehen, in was für einem Zimmer zum Beispiel Soen-senpai wohnte ... Aber sie war ja schon glücklich, dass sie überhaupt in das Haus Mond kommen durfte!

Einen kleinen Wermutstropfen gab es jedoch: Sie hatte Kaname kein einziges Mal mehr gesehen. Hoffentlich würde sie ihn heute treffen ... Jeden Abend klopfte ihr Herz vor leiser Erwartung.

Heute kam Aido als Erster die Treppe herunter, gefolgt von Ruka und Kain.

»Hallo!«

»Guten Abend!«

»Hi!«

Fuka tauschte ein Lächeln mit Ruka und Kain, aber im nächsten Augenblick zuckten ihre Lippen nervös. Wie Aido mich anstarrt! Nach wie vor zeigte er kein Interesse an Fuka, und sie selbst fühlte sich in seiner Gegenwart unsicher und beklommen, so dass zwischen ihnen immer noch eine unangenehme Atmosphäre herrschte.

»Ach ja, der Vize-Hausvorstand musste übrigens plötzlich etwas erledigen, deswegen kann er an unserem Treffen nicht teilnehmen. Ichijo hat mich gebeten, ihn bei dir zu entschuldigen.«

»Oh, ja? Er hat bestimmt immer sehr viel zu tun, nicht wahr?«

Während ihrer Unterhaltung war die Hausmutter erschienen und hatte behände Tee und Gebäck auf dem Tisch arrangiert.

»Also, greift zu!«

»Oh, danke!«

»Die Kekse hat Fuka-san mitgebracht.«

»Wirklich? Dann probier ich doch gleich mal einen …«

Kain steckte sich schnell einen Keks in den Mund und sagte dann plötzlich: »Ruka, ich habe eine Bitte! Kannst du dir einen Abschnitt in meinem Bericht über das Experiment durchlesen?«

»Was? Hast du ihn noch nicht fertig? Er muss doch morgen abgegeben werden, oder?!«

»Ja, sorry. Bitte sei so nett! Da ist eine Passage, mit der ich einfach nicht richtig zufrieden bin …«

Mit der Teetasse in der Hand sah er Ruka bittend an und nach kurzem Zögern nickte sie widerwillig.

»Na gut. Aber nur kurz!«

»Du bist ein Schatz!«

»Das heißt, du musst leider auf uns verzichten, Kisaragi. Aber nicht lange«, entschuldigten sich Ruka und Kain.

»Kein Problem! Macht euch bitte meinetwegen keine Gedanken!«

Die Schule ging auf jeden Fall vor. Sie hatte kein Recht, auf die Anwesenheit der beiden zu bestehen. Ein wenig enttäuscht war sie dennoch und schaute ihnen betrübt nach.

In dem nun folgenden drückenden Schweigen nippte Fuka an ihrem Tee und bemühte sich, möglichst kein Geräusch zu machen. Oh Mann, warum ist der denn jetzt noch hier?, fragte sie sich im Stillen. Durch den aus ihrer Tasse aufsteigenden Dampf blickte sie zu Aido, der sich nach wie vor mit missmutigem Gesicht auf einem Sessel lümmelte und aus dem Fenster sah. Nach Rukas und Kains Rückzug war Fuka davon ausgegangen, dass er sich schleunigst verkrümeln würde. Ich wäre viel entspannter, wenn ich alleine hier warten könnte, dachte sie. Sie seufzte genervt. Aido wandte sich zu ihr.

»Was ist?«

Anscheinend fühlte er sich angesprochen.

Oh nein, was mach ich denn jetzt ...?, überlegte sie erschrocken. Es war ihr überhaupt nicht in den Sinn gekommen, sich über ein Gespräch mit Aido Gedanken zu machen, und so redete sie einfach drauflos.

»Ähm ... bitte erzähl mir etwas über Kaname-sama!«

Aido zog pikiert eine Augenbraue hoch.

»Kaname-sama?«

Siedend heiß fiel Fuka ein, dass das Thema Kuran-senpai

gegenüber Aido-senpai ein absolutes Tabu war. Noch dazu war ihr ›Kaname-sama‹ rausgerutscht! So nannte sie ihn nur in ihren Gedanken, offiziell sprach sie natürlich von ›Kuran-senpai‹. Sie erinnerte sich an die grässliche Atmosphäre bei ihrem zweiten Besuch, als sie nach ihm gefragt hatte. Ein eisiger Windhauch war durch die Lobby geweht. Aber egal, Aido-senpai kann mich ohnehin nicht leiden. Wovor sollte ich mich fürchten?, dachte sie und beschloss, einfach ohne Hemmungen draufloszureden.

»Ähm, mag Kuran-senpai Süßigkeiten?«

»Weiß nicht.«

»Isst er zum Beispiel Schokolade?«

»Keine Ahnung.«

»Oder mag er Süßes vielleicht überhaupt nicht?«

»Weiß nicht.«

»Was isst er denn gerne?«

»Weiß nicht.«

Diese widerwillig gegebenen Antworten nahmen selbst ihr die Lust, weiterzufragen, und sie fiel in verdrossenes Schweigen. Wie ist der denn drauf? Ein bisschen was könnte er ja ruhig mal verraten, der Blödmann!, dachte sie. Ihr plötzliches Verstummen veranlasste Aido zu einem genervten Blick in ihre Richtung.

»Was ist?«

»Du kannst mich nicht leiden, weil ich für Kuran-senpai schwärme, stimmt's?«

»Ja, stimmt genau«, gab er ohne weiteres zu.

Fukas Schläfen pochten.

»Eifersucht ist bei Männern etwas Hässliches«, stellte sie fest.

»Was fällt dir ...«, setzte er an, doch sie unterbrach ihn.

»Du bist doch selber schuld!«

Fuka war bei diesen Worten vom Sofa aufgesprungen. Da wurde ihr plötzlich schwarz vor Augen. Verwundert spürte sie, wie ihre Beine nachgaben und ihre Hände und Füße kalt wurden. Um sie herum war zwar alles schwarz, doch im Inneren ihrer Augen flackerten trübe Farben. Blutarmut?

»He, was hast du?«

Aido sagte etwas, aber sie verstand ihn nicht. Ihre Lippen zitterten, sie brachte keinen Ton heraus. Außerdem fror sie und konnte kaum atmen. Mir ... ist kalt ..., dachte sie. Irgendetwas hüllte ihren zitternden Körper ein. Was war das? Mit äußerster Kraftanstrengung hob sie den Kopf und sah vor sich Aidos besorgtes Gesicht. Offenbar hatte er sie rasch vor dem Umfallen aufgefangen und hielt sie nun fest. Sie wollte sich bedanken, aber ihre Stimme gehorchte ihr nicht und auch ihr Körper war immer noch kraftlos. Vielleicht hatte Aido das bemerkt, denn er packte noch einmal fester zu.

»Sei ganz ruhig. Ich halte dich.«

Sie nickte zitternd und lehnte sich an ihn. Er war so warm ... Ihr blutloser Körper empfand die Hitze, die Aido ausstrahlte, als sehr angenehm. Er sah zwar zart aus, doch er war erstaunlich stark. Er stützte Fuka ohne die geringste Anstrengung. Ihr Herz machte einen Sprung. Es war ein seltsames Gefühl, ganz anders als bei einer Ohnmacht.

»Ähm, entschuldige. Es geht schon wieder.«

Fuka versuchte, sich aus seinen Armen zu winden.

»Nicht bewegen!«

Aido ließ sie sanft auf das Sofa gleiten.

»Bist du wieder okay? Was war denn nur los mit dir?«

»Mir wurde auf einmal schwindelig ...«, fing sie an.

»Schwindelig ...?«

Bei diesem Wort erstarrte Aidos Miene.

»Passiert dir das in letzter Zeit häufiger?«

»Eh? Was meinst du?«

»Dass dir schwindelig wird.«

Merkwürdigerweise schien Aido ernsthaft besorgt um sie. Das war so erstaunlich, dass es sie geradezu nervös machte. Aido-senpai macht sich Sorgen um *mich?* Irgendwie tat ihr das auch leid, so dass sie ihr immer noch bleiches Gesicht zu einem Lächeln zwang.

»Mir geht es schon wieder gut, entschuldige bitte!«

»Lass dir Zeit! Ruh dich eine Weile aus.«

Tatsächlich war ihr Körper immer noch schlapp, und sie würde ihm wohl kaum über längere Zeit weismachen können, dass es ihr wirklich besser ging.

»O...Okay.«

»Warte mal!«

Aido griff in seine Brusttasche, zog eine kleine Dose heraus und öffnete sie. Dann nahm er Fukas Hand und schüttete drei weiße Tabletten hinein.

»Was ist das?«, fragte sie.

»Ein Medikament gegen Blutarmut. Schluck das bitte!«

»Ein Medikament gegen Blutarmut …?«

Fuka riss erstaunt die Augen auf. Wieso trug Aido-senpai so etwas mit sich herum?

»Du wirst dich dann besser fühlen«, versicherte er, griff nach der Flasche auf dem Tisch und goss Wasser in ein Glas, das auf dem Teewagen stand.

»Wozu brauchst du diese Tabletten? Hast du etwa eine schwache Konstitution, Aido-senpai?«, erkundigte sich Fuka.

»Das ist doch jetzt uninteressant. Nimm die Tabletten, schnell.«

Sie nahm das Glas aus seiner Hand und spülte die Tabletten gehorsam hinunter. Das klare Wasser erfrischte sie und sie atmete auf.

»Das Medikament wirkt nur langsam. Bis dahin musst du schön vernünftig sein.«

Sie legte sich hin und schloss die Augen. Nach einer Weile überkam sie, vielleicht auf Grund der Tabletten, eine angenehme Schläfrigkeit.

»So, dann …«

Das Sofa quietschte leise und sie spürte, wie seine Wärme

sich entfernte. Panisch streckte sie eine Hand nach ihm aus. Sie wollte jetzt nicht allein sein!

»Eh …?«

Fuka hatte ihn mit ihrer kleinen Hand an seinem Hemd gepackt. Er hielt für einen Moment die Luft an, setzte sich dann ganz leise und behutsam an den Rand des Sofas. Fuka schlief beruhigt ein.

Aido hatte nichts weiter zu tun, er saß einfach nur da. Er hatte ihr die Tabletten gegeben, mehr konnte er nicht machen. Er schüttelte nicht einmal ihre Hand ab, mit der sie ihn immer noch festhielt, er blieb einfach nur bei ihr.

Plötzlich wachte Fuka auf und rieb sich verwundert die Augen, als sie nicht wie üblich auf ihre gewohnte Zimmerdecke blickte. Nanu?, wunderte sie sich. Wo bin ich?

»Aufgewacht?«

Als sie Aidos Stimme neben sich hörte, fiel ihr sofort wieder ein, dass sie im Haus Mond war. Richtig, sie wäre ja fast umgekippt … Nach dem kurzen Schlaf fühlte sie sich aber wieder einigermaßen wohl.

»Wie geht's dir?«, erkundigte sich Aido.

»Die Tabletten haben offenbar gewirkt.«

Als Fuka sich aufrichtete, rutschte die Jacke, mit der er sie zugedeckt hatte, von ihren Schultern.

»Oh, hier …«

Sie nahm die Jacke und reichte sie Aido.

»Vielen Dank!«

»Dafür musst du dich nicht bedanken«, wehrte er ab.

»Ich gehe jetzt besser. Es ist schon spät, und die anderen kommen offenbar auch nicht mehr ...«

Aido wartete mit den Händen in den Hosentaschen, während Fuka sich zum Gehen fertig machte. Danach begleitete er sie wie immer ohne viele Worte zum Tor, doch diesmal war die Stimmung zwischen ihnen nicht angespannt oder steif, so dass Fuka überhaupt nicht unter seiner Wortkargheit litt. Sie hatte eher ein ganz merkwürdiges Gefühl, halb geschmeichelt, halb beschämt, weil Aido aus Rücksicht auf sie kleinere und langsamere Schritte machte als sonst.

»Wir sind da.«

Vor dem Tor blieben sie stehen und Fuka verbeugte sich höflich.

»Ich bin dir heute zur Last gefallen. Ich bring dir beim nächsten Mal etwas mit, zum Dank.«

»Nicht nötig. Falls du noch mal zusammenbrichst ... kannst du gerne noch mehr Tabletten von mir bekommen.«

»Okay, wenn es noch mal passiert, sag ich dir Bescheid. Also dann, gute Nacht!«

Über Aidos unerwartete Freundlichkeit war sie wirklich erfreut. Zwar hatte sie auch heute wieder nicht Kaname getroffen, doch dafür hatte sie eine überraschende Seite an Aido kennengelernt. Außerdem ... Sie erinnerte sich an die Wärme von Aidos Brust und legte die Hände an ihre Wangen. Oh, mein Gott! Was hab ich denn für Gedanken?!, quietschte sie innerlich.

Als sie schnell zu ihrem Haus zurücklief, hatte Fuka bereits vergessen, dass ihr plötzlich schwindelig geworden war und dass sie solche Symptome bisher noch gar nicht gekannt hatte.

Fuka spielte mit einem Hund in einem weitläufigen Park. Der Hund hatte weiches Fell und war klein, ein Welpe. Fuka warf einen roten Ball, der Kleine lief ihm hinterher, schnappte ihn und wälzte sich übermütig auf dem Boden.

»Oje, du bist ja ganz schmutzig! Zu Hause musst du aber in die Wanne, okay?«

Als sie ihn auf den Arm nahm, streckte der Hund erfreut seine Zunge heraus und leckte ihr über die Wange. Dabei sah er sie mit seinen Kulleraugen bettelnd an. Sie musste lachen und nahm den roten Ball wieder in die Hand.

»Ist ja gut, mein Kleiner! Jetzt werfe ich ihn aber mal richtig weit, ja?«

Der Ball flog, tippte auf, und der kleine Hund preschte los.

»Eh?!«

Fuka erstarrte. Der Hund rannte dem wegkullernden Ball hinterher – aus dem Park hinaus auf die stark befahrene Straße!

»Vorsicht!«, schrie Fuka, sprintete los, lief um ihr Leben und riss den kleinen Hund in ihre Arme – im nächsten Moment flog sie durch die Luft. Zu spät hatte sie das ohrenbetäubende Quietschen von Bremsen gehört, während sie den blauen Himmel wie in Zeitlupe vor ihren Augen vorbeiziehen sah. Fliege ich …?, fragte sie sich. Das Geräusch, mit dem sie auf dem Boden aufprallte, hörte sie nur wie aus weiter Ferne, und sie spürte gar nichts. Die Zeit verging unendlich langsam.

Fuka lag auf der Straße und erkannte irgendetwas Rotes auf dem Boden.

»Mein … Ball …?«, dachte sie und versuchte, die Hand danach auszustrecken, doch sie merkte, dass sie den Arm nicht bewegen konnte.

Nein. Das war nicht ihr Ball. Das war …

Dieses Rot, das sich vor ihren Augen allmählich ausbreitete …

Dieses hübsche Rot, das aus ihrem Körper herausfloss und die Straße färbte … war das ihr …?!

»Aaaaaah!«

Mit einem lauten Schrei fuhr Fuka hoch. Sie war schweißgebadet, ihr Herz raste und sie zitterte am ganzen Körper.

Was war das eben …? Was hatte sie … Hatte sie geträumt? Sie hatte noch nie einen Unfall gehabt. Aber der Traum war so unglaublich realistisch gewesen …

»Fuka? Was hast du?«

Kanae hatte sich im Bett aufgesetzt und rieb sich die Augen.

»Oh … entschuldige, Kanae. Ich hab was Seltsames geträumt …«

»Alles okay? Ich hol dir ein Glas Wasser …«

Fuka schüttelte den Kopf.

»Nein danke, lass nur. Wenn ich Durst bekomme, kann ich mir selber etwas holen.«

»Ja? Okay, dann gute Nacht!«

»Ja, schlaf gut!«

Kanae schlief wieder ein, und bald hörte Fuka ihren ruhigen Atem. Vorsichtig stand sie auf und trat ans Waschbecken. Sie trank einen Schluck Wasser und beruhigte sich langsam. Dieser Traum eben … und … das ganze Blut … Sie schauderte. Ihr Körper wurde von einem unbeschreiblichen Frösteln geschüttelt. Sie legte die Arme um sich. Es war ein Traum! Ein Traum!, wiederholte sie, wie um sich selbst zu überzeugen, und kroch zurück ins Bett. Sie würde einfach wieder einschlafen. Schlafen und den Traum vergessen.

Fuka starrte in die Dunkelheit und atmete flach. In ihrer Brust saß ein eisiger Klumpen aus Beklemmung und Furcht. Ihre Nerven waren gereizt und angespannt.

»Was ist das bloß …?«

Obwohl sie in ihrem warmen Bett lag, zitterte ihre Stimme.

Fuka konnte in dieser Nacht nicht mehr einschlafen. Dieser Albtraum hatte sich tief in ihr Herz eingebrannt.

IV

In dieser Nacht war nur ein einziges Fenster des Schulgebäudes erleuchtet. Die Vampire hatten eine Unterrichtspause und versammelten sich um Ichijos Platz.

»Seit etwa einer Woche nimmt sie das Medikament … Wie ist ihr Zustand?«

Während sie in ihren Unterlagen blätterte, warf Ruka einen kurzen Blick auf Aido.

»Es scheint zu wirken.«

»Aber wir können noch nichts Genaues sagen, bevor wir den Verlauf nicht etwas länger beobachtet haben, oder?«, meinte Rima Toya und streckte die Hand nach der Tüte mit Schokobonbons aus, die Senri Shiki festhielt.

»Also bitte …! Ihr beide seid ja noch kein einziges Mal dabei gewesen!«

»Na ja, am ersten Abend waren wir nun mal nicht auf dem Gelände! Immerhin unterstützen wir eure Forschung ja jetzt, indem wir an der Diskussion teilnehmen«, murmelten die beiden.

Die Gesichtszüge der Night-Class-Schüler waren so

grazil – beide gingen problemlos als Models durch –, dass es schwer einzuschätzen war, ob Ruka und Shiki nur so affektiert wirkten oder es wirklich waren. Aido meldete sich zu Wort.

»Findet ihr nicht, dass ihr euch zu sehr auf mich verlasst? Aber eigentlich kein Wunder, immerhin gelte ich als Genie«, meinte er großspurig, was ihm eine bissige Grimasse von Ruka einbrachte.

»Ihr versteht euch gut. Deswegen vertrauen wir dir. Das ist alles.«

»Wie bitte …?«

»Hört schon auf. Alle beide!«, mischte Kain sich ein, um die Wogen zu glätten.

»Komm schon, Aido! Du engagierst dich doch am meisten bei dieser Forschung. Also verlassen sich alle automatisch auf dich«, meinte Ichijo lächelnd und warf einen Blick zur Tür.

»Allmählich müsste der Physiklehrer kommen.«

Aido nahm die Unterlagen mit den Daten von Ruka in Empfang und ging an seinen Platz. Er hatte noch ein bisschen Zeit, um sie durchzusehen. Hier standen die nüchternen Zahlen und Zeichen, die er selbst eingetragen hatte. Seit dem Vorfall hatte er Fuka jeden Tag Tabletten gegeben, aber … die Dosis musste deutlich erhöht werden. Das wich ein wenig von den Berechnungen ab, nach denen eine geringere Menge des Medikaments hätte ausreichen müssen. Dennoch, Fuka war immer gut gelaunt und munter, wenn sie ins Haus Mond kam. Die Tabletten wirkten also durchaus. Unwillkürlich warf er einen Blick hinüber zum Haus Sonne, das durch die Fenster zu sehen war. Die meisten Schüler der Day Class schienen noch wach zu sein, denn viele Fenster waren erleuchtet.

Eine Academy, an der Vampire und Menschen koexistierten: Es wäre dumm, diese Gegebenheiten nicht für unsere Forschung zu nutzen, dachte er. Er tat es für Kaname, der über die Welt der Vampire herrschte. Er empfand es als seine Pflicht und seinen Auftrag, der Sache zu dienen.

»Fuka! Lass uns Mittag essen!«, rief Kanae, das Lunchpaket in der Hand.

»Okay …«, antwortete Fuka lustlos, während sie mit aufgestütztem Kinn am Tisch saß und verträumt nach draußen blickte.

»Ich freu mich schon, heute gibt's mein Lieblingsessen! Was gibt's wohl zum Nachtisch …?«

Fuka ließ Kanaes Geplapper an sich vorbeiziehen und grübelte. Warum hatte sie jede Nacht denselben Traum? Wenn es nur irgendein belangloser Traum wäre, würde sie sich ja keine Gedanken machen. Aber er war so realistisch. Er war *zu* realistisch, und das machte ihn so unangenehm und beängstigend. Durch ihre belastenden Träume schlief sie zu wenig. Vielleicht fühlte sie sich deshalb in letzter Zeit so schlapp. Möglicherweise war das auch der Grund für die Blutarmut. Fukas Fingerspitzen tasteten vorsichtig nach dem kleinen Döschen, das sie in ihrer Rocktasche versteckt hatte. Da sie seit dem Vorfall im Haus Mond häufig zum Umkippen neigte, hatte sie sich letztendlich tatsächlich von Aido mit Tabletten versorgen lassen. Vor sieben Tagen hatte sie das Medikament zum ersten Mal eingenommen. Doch die Symptome besserten sich nicht.

Das Quietschen von Bremsen, ein Schrei, tiefrotes Blut ... mein Blut ...! Jedes Mal, wenn sie an den Traum dachte, hatte sie das Gefühl, alles Blut wiche aus ihrem Körper. Sie versuchte, den Traum zu vergessen, doch die Bilder waren wie auf ihrer Netzhaut eingebrannt und ließen sie nicht los. Sonst konnte sie doch ihre Träume immer irgendwann vergessen! So etwas hatte sie noch nie erlebt.

»Was ist los mit dir, Fuka? Machst du dir etwa schon wieder Gedanken wegen des Sankt-Schokolatius-Tags?«

»Eh? Sankt-Schokolatius-Tag?«

Plötzlich in die Realität zurückgerufen riss Fuka die Augen auf. Kanae saß vor ihr und sah sie an, während sie ihr Lunchpaket öffnete.

»Ach, doch nicht?«

Hastig setzte Fuka ein Lächeln auf.

»Doch, doch, du hast Recht! Wenn ich erst anfange, über Schokolade nachzudenken, kann ich gar nicht mehr aufhören ...«

»Du bist ja wirklich voll motiviert! Und, welche Schokolade nimmst du?«

»Welche ...?«

Fuka legte verwundert den Kopf zur Seite, dann schlug sie die Hände zusammen, als wäre es ihr gerade erst eingefallen: »Richtig! Ich wollte Kuran-senpai ja Schokolade übergeben!«

»Hey, was bist du denn so schusselig? Bist du nicht genau deswegen ins Haus Mond eingestiegen?!«

Vor lauter Verblüffung hatte Kanae unwillkürlich die Stimme erhoben. Fuka legte ihr schnell die Hand auf den Mund.

»Kanae, nicht so laut!«

»Oh, sorry, tut mir leid!«

Kanae zog erschrocken den Kopf ein. Dann rückten sie so nah aneinander, dass ihre Münder sich fast berührten, und führten ihr Gespräch mit gedämpften Stimmen fort.

»Und, hast du nachgeforscht, welchen Geschmack Kuran-senpai hat?«

»Ahm, na ja ...«

Da Fuka Kaname seit jenem Abend nicht mehr getroffen

hatte, hatte sie keine Möglichkeit gehabt, ihn zu fragen. Und Aido, der sofort miserable Laune bekam, wenn die Rede auf Kaname kam, konnte sie ohnehin vergessen. Doch auch die anderen drei wechselten immer geschickt das Thema, wenn sie nachfragte. Es war ihr inzwischen auch nicht mehr so wichtig, irgendetwas auszukundschaften. Sie war zufrieden und glücklich, dass sie das Haus Mond besuchen durfte.

Plötzlich sah sie Aidos Gesicht vor ihrem inneren Auge und wurde flammend rot.

»Oje, Fuka, was ist mit dir?! Hast du vielleicht Fieber?!«, fragte Kanae besorgt.

»Nein, es ist nichts, keine Sorge! Ich hab mir vorgestellt, wie Kuran-senpai meine Schokolade in Empfang nimmt, und da … Ich hab nichts, wirklich!«

Fuka schüttelte heftig den Kopf, um die Situation zu überspielen, doch innerlich war sie ziemlich durcheinander. Warum tauchte Aido-senpais Bild vor ihr auf? Noch dazu dachte sie ausgerechnet an die Nacht, als er sie im Arm gehalten hatte … Seine Brust. Seine Augen, die sie besorgt angesehen hatten. Kanae grinste Fuka an, die mit hochroten Wangen vor ihr saß.

»Liebst du Kuran-senpai so sehr?«

»J…Ja …«

Genau, sie liebte Kaname-sama! Wieso dachte sie an Aido-senpai?! Bummbumm, bummbumm. Ihr Herz schlug laut. Bummbumm, bummbumm. Doch das heftige Pulsieren war nicht unangenehm. Gerade das verwirrte Fuka noch mehr. Oh Mann, ich halt das nicht aus!, dachte sie verzweifelt. Sie war völlig verwirrt. Ihr Mittagessen ließ sie unberührt stehen.

Fuka und Kanae hatten sich eine Ausgeherlaubnis besorgt, um am Wochenende in die Stadt zu gehen. Sie wollten Schokolade für den Sankt-Schokolatius-Tag kaufen und Fuka wollte Kanae als Dank für ihre Hilfe beim Überklettern der Mauer zu einem Kakao einladen.

»Und, Fuka, wie hat dir die Schokolade aus dem Laden geschmeckt?«

»Hmmm ...«

»Vielleicht solltest du doch etwas selber machen, oder? Da du sie ihm doch morgens als Erste an seinem Balkon überreichen wirst! Da musst du schon was Tolles zu bieten haben. Wollen wir noch mal in dem Geschäft gucken, was es da so gibt?«

Kanae, die fast motivierter war als Fuka selbst, schleppte ihre Freundin regelrecht hinter sich her. In diesem Moment bemerkte Fuka aus den Augenwinkeln, wie eine Gestalt, die Aido ähnelte, in eine Gasse auf der anderen Seite der Straße einbog. War er das wirklich? Und war das da nicht Senri Shiki-senpai? Ihm war sie bei ihren Besuchen im Haus Mond nie begegnet, doch da er als absoluter Frauenschwarm bei den Mädchen der Day Class hoch im Kurs stand, kannte sie sein Gesicht.

»Was ist los, Fuka?«

»Ach, ich hab nur einen Bekannten gesehen … Ich will ihm kurz Hallo sagen. Geh ruhig schon mal vor!«

Fuka überquerte die Straße. Sie suchte die Gasse, in die Aido und Shiki eben verschwunden waren, und lief weiter. Nach ein paar Schritten kam sie plötzlich wieder zu sich. Was fällt mir eigentlich ein, ihm nachzulaufen?, dachte sie. Als sie sich selbst die Antwort auf diese Frage gab, machte ihr Herz einen kleinen Satz.

Sie beschloss, zu Kanae zurückzugehen. Genau in diesem Moment kam von oben irgendetwas herabgesprungen. Fuka schrie auf, denn im selben Moment schlang auch schon jemand, der viel größer war als sie, von hinten seine Arme um sie.

»Du siehst köstlich aus … hehehe!«, krächzte eine grobe Stimme und eine raue Zunge leckte über ihren Nacken. Ihr Schrei wurde von einer schwieligen Hand erstickt.

W…Wer war das? Ein Triebtäter, ein Perverser? Fuka wand sich, um aus der Umklammerung loszukommen. Und im nächsten Augenblick hörte sie: »Lass sie los.«

Fuka meinte, Aidos Stimme erkannt zu haben, als sie auch schon auf den Boden geworfen wurde. Schnell richtete sie sich wieder auf und sah, wie sich eine Art Peitsche um den Körper des fremden Mannes schlang. Aus seinem Mund ragten zwei … Reißzähne?

»Bist du ein Adliger?«, spuckte die raue Stimme des Mannes dem Besitzer der Peitsche spottend entgegen.

Was machte Shiki-senpai da? Es sah aus, als käme diese Peitsche irgendwie aus seiner Fingerspitze hervor …

»Komm!«

Aido zerrte Fuka hoch und sie stolperte vorwärts. Sie liefen durch die enge Gasse, liefen und liefen … Auf einer großen Straße blieben sie stehen. Das helle Sonnenlicht blendete sie für einen Moment.

»Was hast du hier in der Gasse zu suchen?«

»Wieso …? Ich bin zum Einkaufen in der Stadt … und ihr …?«

Aus einer Gasse trat Shiki zu ihnen.

»Bin fertig, Aido-san.«

Im hellen Sonnenlicht wirkte Shiki mit seiner weißen Haut so zart, fast als könne man durch ihn hindurchsehen. Er sah nicht im Entferntesten so aus, als könne er eine Peitsche kräftig schwingen und einen Mann damit fesseln. Doch sie hatte es eben mit eigenen Augen gesehen.

»Ist sie …«

Shikis Augen hefteten sich auf Fuka.

»Ja, das ist sie. Aus der Day Class.«

Shiki wandte den Blick rasch ab und drehte sich auf dem Absatz um.

»Ich geh von hier aus zur Arbeit, ciao!«

»Okay!«

Nachdem Shiki gegangen war, sah Aido Fuka mit einem irgendwie unschlüssigen, vielleicht sogar genervten Blick an.

»Ähm, vielen Dank ... dass ihr mich vor diesem Triebtäter gerettet habt!«, stotterte Fuka.

»Triebtäter?«, wiederholte Aido.

»Ähm, ich habe Shiki-senpai gar nicht danken können, bitte tu du das für mich! Ich muss los, Kanae-chan wartet auf mich!«

Sie verbeugte sich und lief davon. Aido-senpai hatte sie vor einem Triebtäter gerettet! Was für ein Zufall, dass er wieder zur Stelle gewesen war!

Es lag wohl nicht nur am schnellen Laufen, dass ihr Herz so schnell schlug und ihre Wangen glühten.

Fukas Gestalt mischte sich unter die Menschenmenge und war bald nicht mehr zu sehen. Aido fuhr sich durch die krausen Haare. Ein Triebtäter also, meinte sie ...? Dann brauchte man ihre Erinnerung ja wohl nicht zu löschen. Aido und Shiki, die auf Kanames Befehl zur Jagd ausgerückt waren, hatten den Ehemals-Mensch-Vampir exakt in dem Moment entdeckt, als er seine Reißzähne in Fukas Hals graben wollte. Ausgerechnet Fuka war sein Opfer, die ohnehin in letzter Zeit häufig an Blutarmut litt. Hätte dieser Vampir seinem Instinkt folgend ihr Blut getrunken, wäre sie an dem Schock möglicherweise gestorben. Vielleicht wäre das für sie sogar besser gewesen … Wie um diesen Gedanken zu verscheuchen, fuhr Aido sich noch einmal fast wütend durch die Haare.

Kaname-sama, Kaname-sama. Ich liebe Kaname-sama. Nach dem Lichterlöschen lag Fuka in ihrem Bett und betete sich verzweifelt diesen Satz vor. Sie schloss die Augen und versuchte, sich Kanames Gesicht vorzustellen, doch … Verdammt! Nein, das ist nicht das richtige, ich will Kaname-samas!, dachte sie wütend, denn vor ihrem inneren Auge erschien immer nur Aidos Gesicht.

»Aaargh!«

Fuka zappelte wild mit den Armen und Beinen, nahm dann ihr Kissen in den Arm und kniff entschlossen die Augen zu.

»Aido-senpai ist überhaupt nicht mein Fall! Er ist kaltherzig, unfreundlich, gemein …«

Klapp!, gingen ihre Augen wieder auf.

»Aber … er hat mir geholfen …«

Als sie umgekippt war, hatte Aido sich um sie gekümmert, nicht Kaname. Dabei war es in seinen Augen mit Sicherheit die reinste Zumutung gewesen. Das hatte er sich aber nicht anmerken lassen, sondern war an ihrer Seite geblieben, bis es ihr wieder besser ging. Und auch heute hatte er sie vor dem Triebtäter gerettet. Bummbumm, bummbumm. Da war es wieder. Wieder fing ihr Herz an stärker zu klopfen. Vielleicht war Aido-senpai nur schüchtern … Das wäre eine Erklärung. Ihr erster Eindruck von ihm war so grässlich gewesen, dass sie seitdem der festen Überzeugung gewesen war, nie mit ihm klarkommen zu können. Sie hatte es einfach nicht gemerkt, dass er trotz seines ablehnenden Verhaltens kein gemeiner Mensch war. Ein wirklich kaltherziger Mensch hätte ihr nicht geholfen und hätte sie nicht bis ans Tor gebracht, als sie nachts alleine nach Hause gehen musste. Sie hatte ihn falsch eingeschätzt. Sie wollte sich mit ihm anfreunden. Sie wollte mehr über ihn erfahren …

Als sie in ihren Gedanken so weit gekommen war, schreckte sie plötzlich hoch. Nein, nein, ich liebe Kaname-sama, also muss ich mich auch für Kaname-sama interessieren! Bummbumm, bummbumm, bummbumm. Als sie Kaname das erste Mal getroffen hatte, hatte sie auch Herzklopfen gehabt. So sehr, dass sie kaum atmen konnte. Doch dieses Herzklopfen jetzt war irgendwie anders. Kein Bubbern, sondern ein richtig tiefes Pochen.

Oh verdammt, was mach ich bloß …? Ich versteh gar nichts mehr … Was soll ich tun?, seufzte Fuka und drückte ihre Stirn tief in ihr Kopfkissen.

Dann kam ihr plötzlich eine Idee. Genau! Sie würde Aido-senpai einfach auch Schokolade schenken! Sie hatte sich ohnehin noch nicht für die Tabletten bedankt. Und sie musste sich dafür erkenntlich zeigen, dass er sie heute gerettet hatte … Es war nichts Seltsames daran, jemandem zum Dank Schokolade zu schenken.

Okay! Die ›richtige‹ bekommt Kuran-senpai, und Aido-senpai bekommt welche als Zeichen meiner Dankbarkeit. Beschlossen! Damit wäre das Problem ja wohl gelöst …

»Moment, wieso Problem?!«, rief sie unwillkürlich aus, und gleich drehte sich Kanae im Bett neben ihr herum.

»Uh…mm …«

Hastig schlug Fuka sich die Hände vor den Mund. Sie musste vorsichtiger sein, damit sie Kanae nicht aufweckte. Sie zog die Beine dichter an ihren Körper und warf sich die Decke über den Kopf. So würde Kanae sie nicht hören, selbst wenn sie ein bisschen lautere Selbstgespräche führte.

Welche Art Schokolade Aido-senpai wohl mochte? Als sie die Kekse mitgebracht hatte, hatte er welche genommen, also hatte er wohl nichts gegen etwas Süßes. Aber selbst wenn Kekse okay waren, mochte er vielleicht süße Schokolade nicht so gern. Falls er aber ein Fan davon war … Sie hatte einfach nicht genügend Informationen! Es war vielleicht auch besser, nichts allzu Niedliches zu nehmen. Wenn er so eine besonders mädchenhafte Schokolade sah, würde er Fuka vielleicht für kindisch halten, und das wollte sie nicht. Eine zu ausgefallene Schokolade dagegen würde zu motiviert wirken und wäre peinlich.

»Schokolade für Aido-senpai … hmmm …«

Fuka überlegte stirnrunzelnd, dann setzte sie sich ruckartig auf.

»Ich hab's! Ich frag ihn einfach!«

Das war am sichersten, damit konnte sie nichts falsch machen. Sie warf einen kurzen Blick auf die Uhr neben ihrem Bett. Es war schon ziemlich spät. In letzter Zeit ging es ihr nicht besonders gut, und sie hatte eigentlich heute Nacht nicht vorgehabt, ins Haus Mond zu gehen. Vielleicht schlief er ja schon … aber vielleicht war er auch noch wach, schließlich gehörte er zur Night Class.

Kurz entschlossen machte sie sich fertig. Wenn er schläft, geh ich einfach wieder, und wenn er wach ist, frage ich ihn, dachte sie. Schnell lief sie hinüber zum Haus Mond.

»Ist das kalt! Ich hätte mir mehr überziehen sollen!«, murmelte sie und zog den Mantel enger um sich. Sie atmete heftig aus, weißer Dunst breitete sich aus und zerstob. Sie fror stärker als sonst, vielleicht weil sie heute später unterwegs war. Nur schnell zum Haus Mond! Sie lief weiter, während sie ihre klammen Hände mit ihrem Atem wärmte. Ihre Haare tanzten um ihre Schultern.

Vermutlich wegen der späten Stunde war heute niemand am Tor, so dass Fuka einfach durchging. Sie erreichte die Eingangstür des Hauses und fasste gerade nach dem Türknopf, als sie durch die Tür eine sanfte Stimme hörte. Sie gehörte Ichijo.

»Fuka-chan scheint als Versuchskaninchen für das Medikament ideal zu sein, nicht wahr?«

Als sie ihren eigenen Namen hörte, erstarrte Fuka. Als Nächstes hörte sie Kains Stimme.

»Es war einfach günstiges Timing, dass gerade jetzt die Symptome eingesetzt haben. Die Wirkung des Medikaments ist ohne solche Anzeichen schwer zu erkennen ... Es hat genau gepasst.«

»Ja, sie hat die Tabletten bekommen und sie nimmt sie ein. Nun ist der Verlauf leicht zu verfolgen.«

»Aido, du verstehst dich ja so gut mit ihr, also kannst du sie weiterhin überwachen.«

»Ich versteh mich nicht gut mit ihr. Das ist doch nicht euer Ernst ... mit einem Ehemals-Mensch-Vampir? Außerdem finde ich diese Überwachung lästig. Ich habe da keine Lust drauf.«

»Ach ja? Hast du dich nicht neulich sehr nett um sie gekümmert?«

»Da ist mir ja nichts anderes übrig geblieben. Außerdem war es eine günstige Gelegenheit, ihr die Tabletten zu geben!«

»Aber, aber! Wir sollten auf alle Fälle jetzt erst mal den Verlauf der Medikation beobachten.«

Versuchskaninchen.

Symptome.

Überwachung.

Lauter Worte, die Fuka verwirrten, drangen an ihre Ohren. Versteinert stand sie da, unfähig, sich zu bewegen. Sie verstand nicht, was das alles bedeutete.

»Kaum zu glauben, dass sie ein Vampir-Rekrut ist ...«

»Hausvorstand Kuran hat es am ersten Abend am Geruch ihres Bluts erkannt ...«

»Es ist nur eine Frage der Zeit, bis sie zum Level E degeneriert.«

Lauter unbekannte Begriffe schwirrten ihr um die Ohren. Doch Ichijo und die anderen redeten ohne jeden Zweifel über sie. Das war das Einzige, was sie verstand. Sie war ein Versuchskaninchen ...? Und was in aller Welt meinten sie mit Überwachung ...? Medikation ...? Meinten sie damit etwa die Tabletten gegen Blutarmut, die sie von Aido-senpai bekommen hatte?

Ihre Beine schienen unter ihr nachzugeben. Sie konnte sich kaum aufrecht halten.

»Sie kommt zum Glück regelmäßig hierher. Das gibt uns die Möglichkeit, kontinuierlich zuverlässige Daten zu sammeln.«

Sie hörte ein Geräusch wie das Umblättern von Papier. Ichijos sanfte Stimme klang ganz anders als sonst, so gleichgültig und unbeteiligt. Der Ichijo hinter dieser Tür war nicht der Ichijo, den sie kannte.

»Wie man den Daten entnehmen kann, wird es nicht mehr allzu lange dauern, bis sich das Mädchen in einen Vampir verwandelt … sehr traurig.«

Die Stimme klang *zu* gelassen … beängstigend.

»Was soll das? Wovon sprechen sie …? Vampir … Ich soll … ein Vampir sein?«

Fuka wollte nur noch weglaufen. Doch ihre Füße gehorchten ihr nicht. Ihr übermäßig geschärfter Hörsinn erfasste nach und nach Worte, die sich in ihr Gedächtnis eingruben und sie verletzten.

»Aido, wie beurteilst du den Verlauf?«

»Ich denke, dass die Tabletten recht gut wirken. Die Symptome haben sich noch nicht extrem verschlechtert, wenn ich das richtig sehe.«

»Das denke ich auch. Noch ist es nur Blutarmut. Die Degeneration hat noch nicht eingesetzt.«

»Das heißt demnach, das Medikament, das wir entdeckt haben, unterdrückt zumindest ihre Verwandlung zum Vampir?«

»Ich hoffe es. Noch hat sie nicht den Hauch einer Ahnung, was mit ihr passiert. Wir können jedenfalls noch keine endgültigen Schlüsse ziehen, nicht wahr?«

Vampire waren doch Fantasiewesen …!

Sie logen, das konnte nicht sein!

Fuka versuchte verzweifelt, sich einzureden, dass das alles Hirngespinste waren, doch in ihren Augen sammelten sich Tränen. Es war wie ein Albtraum, genau wie ihr nächtlicher, immer wiederkehrender Traum. Das konnte einfach nicht stimmen. Doch ihr Instinkt sagte ihr, dass ihre häufige Blutarmut nicht normal war. Sie sollte ein Vampir sein …? Das konnte nicht sein …!

Völlig geschockt setzte sie sich auf die Türschwelle. Ruka hatte das kaum wahrnehmbare Geräusch gehört und rief mit scharfer Stimme: »Wer ist da?!«

Aido riss die Tür schwungvoll auf.

»Du …?!«

»Aido-senpai …«

Zwei Augen, aus denen große Tränen kullerten, blickten zu ihm auf … Fuka erhob sich blitzschnell, drehte ihm den Rücken zu und rannte davon.

»Hey, warte!«, rief er und streckte rasch die Hand aus, doch sie war zu schnell.

»Mist!«, entfuhr es ihm. Er schnalzte mit der Zunge und lief hinter ihr her.

Sie hatte gehofft, dass all das Gerede ein geschmackloser Scherz sei. Doch ein Blick in Aidos Gesicht hatte genügt: Sie hatte verstanden. Sie wusste, dass es die Wahrheit, dass es die Realität war. Aido war seine Beunruhigung deutlich anzusehen, denn ihm war klar geworden, dass Fuka alles mitgehört hatte.

Sie konnte nicht mehr. Was war hier eigentlich los?! Mit zusammengepressten Lippen lief sie einfach blindlings drauflos. Es kümmerte sie nicht, dass sie kaum noch Luft bekam und ihre Beine schwer wurden. Sie wollte einfach nur weg. Vor der Wahrheit fliehen.

»Es ist eine Lüge, Lüge, Lüge ...!«

Aber Aidos Augen hatten ihr gesagt, was sie nicht hatte hören wollen.

»Ist das alles ... wahr ...?«

Heftig atmend blieb Fuka endlich stehen und sank an Ort und Stelle auf die Knie. Sie bekam einen Hustenanfall, zog die Schultern beim Atmen hoch und wiederholte unter Tränen: »Warum? Warum?!«

Sie alle hatten sie betrogen. Die Night-Class-Schüler waren nicht nett zu ihr gewesen, weil sie sie gernhatten, sondern weil sie Fuka als Versuchskaninchen brauchten. Sie hatten ihr erlaubt, ins Haus Mond zu kommen, um sie zu überwachen. Sie hatten Fuka ohne jeden Skrupel an der Nase herumgeführt. Sie hatte nichts gemerkt und sich naiv gefreut und war doch nur eine Marionette gewesen.

»Wieso ...«

Ihre Handflächen waren blutverschmiert. Wahrscheinlich hatte sie sich beim Hinfallen aufgeratscht. Tiefrotes Blut mit einem speziellen Geruch. Ob auch dieses Blut schon nicht mehr menschliches Blut war, sondern das Blut eines Monsters?

»Bin ich ein … Monster …?«

Sie hörte das Rascheln von Schritten im Gras. Als sie langsam den Kopf hob, sah sie ein paar Schuhe, zwei Beine … Ihr Blick wanderte allmählich nach oben und hielt schließlich bei Aidos ruhigem Gesicht inne.

»Aido … Senpai …«

Fukas blasses Gesicht, das im Mondlicht leuchtete, war ausdruckslos wie das einer Puppe. Der Nachtwind ließ Aidos Haare umherfliegen und blies kalt zwischen den beiden hindurch.

»Bist du in Ordnung?«, fragte Aido.

»Aido-senpai … was bedeutet das? Ich soll ein Vampir sein?« Ihr verzweifelter Blick durchbohrte ihn.

»Ich bin ein ganz normales Mädchen … ich bin doch kein … Monster!«

Aido kniete sich neben Fuka, um ihr in die Augen sehen zu können.

»Du bist ein normaler Mensch. Im Moment …«

»Im Moment?!«

»Du hattest in den Schulferien, bevor du hier an die Academy kamst, einen Unfall, nicht wahr?«

Bevor sie hierhergekommen war? Sie besuchte die Cross Academy nicht bereits seit der Junior Highschool, sondern erst seit der Highschool. Doch an einen Unfall konnte sie sich nicht erinnern.

»Einen Verkehrsunfall? Aber ... das ist doch nur ein Traum ...«

Was, wenn dieser Traum aber tatsächlich passiert war?

»Du hattest wirklich einen Unfall. Und du warst lebensgefährlich verletzt.«

»Woher weißt du das? Ich kann mich gar nicht daran erinnern ...«

Aido fuhr fort, ohne ihre Frage zu beantworten.

»Nach dem Unfall hast du mit dem Tod gekämpft. Offenbar hat ein reinblütiger Vampir, der zufällig in der Nähe war, dich aus einer Laune heraus gerettet. Wobei man es im Ergebnis vielleicht nicht wirklich als Rettung bezeichnen kann ...«

Was Aido Fuka nun erzählte, überstieg ihr Vorstellungsvermögen bei weitem: »Unter Vampiren gibt es sogenannte Reinblüter, die in der Lage sind, anderen starke Vitalkraft zu verleihen. Ein Mensch, der von einem Reinblüter gebissen wird, verwandelt sich selbst in einen Vampir. Daraufhin kann er sich irgendwann nicht mehr gegen den Instinkt des Vampirs, das Verlangen nach Blut, wehren, und was ihn letztendlich erwartet, ist der Tod als Vampir – das sogenannte Erlöschen. Die letzte Stufe, zu der ein Mensch-Vampir degeneriert, nennen wir Level E.«

»Wieso ... Wieso weißt du all das, Aido-senpai?«

Aido antwortete ruhig: »Ich bin auch ein Vampir. Genauer gesagt, alle Schüler der Night Class sind Vampire. Das ist allerdings nur einer Handvoll Menschen bekannt …«

Wie ein Stein landete diese Eröffnung in Fukas Bewusstsein. Aido, Ichijo, Ruka, Kain, Kaname … sie alle waren Vampire. Sie waren keine Menschen.

»In dem Moment, als du fast gestorben wärst, wurdest du von einem Reinblüter gebissen und erwachtest als Vampir. Deine Erinnerung wurde wahrscheinlich von dem Reinblüter gelöscht. Dass sie anfängt zurückzukehren, ist möglicherweise eine Nebenwirkung der Tabletten.«

»Das ist … ungerecht! Ich habe mir das nicht ausgesucht!«

»Du bist wütend auf den Reinblüter? Aber nur weil du ein Vampir geworden bist, konntest du weiterleben. Ist das ein Grund, unglücklich zu sein? Wärst du bei dem Unfall gestorben, gäbe es dich jetzt nicht mehr.«

In Aidos Stimme schwang eine Spur von Ungeduld mit. In seinem Gesicht kämpften die verschiedensten Empfindungen miteinander: Wut und Verwirrung, Entrüstung und Nachsicht. Wäre Fuka für ihn nur ein Versuchskaninchen, dann hätte er nicht diese sich widersprechenden Gefühle. Er wäre viel kühler, so wie Ichijo, Ruka und die anderen. Bisher hatte ich meine Familie, meine Freunde, ich hatte immer einen Grund, fröhlich zu sein … Ich war nie unglücklich. Im Gegenteil, ich war sehr glücklich, dachte sie. Sie sah die Gesichter ihrer Eltern und Kanaes vor sich, und wieder flossen Tränen ihre Wangen hinunter. Wenn nun dies hier der Preis für das Glück war, das ihr als Mensch zuteil geworden war? Das war zu grausam.

»Was soll ich denn machen …?! Was soll ich nur machen …«

Aido streckte der völlig verstörten Fuka eine Hand hin.

»Nimm das Medikament. Es ist zwar noch im Erprobungsstadium, aber eine andere Möglichkeit gibt es nicht.«

»Du meinst … die Tabletten?«

Die Tabletten, die sie für ein Medikament gegen Blutarmut gehalten hatte.

»Genau. Die Tabletten, die ich dir gegeben habe, verlangsamen die Verwandlung in einen Vampir. Mit der Einnahme kannst du die Entwicklung unterdrücken.«

Fuka sah Aido direkt in die Augen. Sie sah hinter den Zorn, der in seinem Blick lag, und es kam ihr so vor, als könnte sie da so etwas wie Anteilnahme erkennen. Sie holte tief Luft.

»In Ordnung. Ich werde die Tabletten weiter einnehmen. Ich habe wohl keine andere Wahl. Ich … werde dir vertrauen, Aido-senpai.«

Aidos Lippen bebten für einen kurzen Moment. Dann presste er sie fest aufeinander und blickte zu Boden.

»Ja, das kannst du auch. Ich bin nämlich ein Genie.«

V

Fuka erinnerte sich nicht daran, wie sie wieder zurück in ihr Zimmer gekommen war. Sie saß auf ihrem Bett und betrachtete abwesend das Pillendöschen in ihrer Hand. Es war das Döschen, das Aido bei sich gehabt hatte. Er hatte es ihr gegeben, gefüllt mit Tabletten. Dieses Medikament würde ihr helfen?

Sie nahm eine Tablette aus dem Döschen und ließ sie in ihrer Handfläche herumkullern. Sie war klein und weiß. Sie sah aus wie eine gewöhnliche Tablette. Diese noch in der Entwicklung befindlichen sogenannten ›Bluttabletten‹ sollten Fukas Verwandlung in einen Vampir hemmen. Vampir. Ein Monster, das Menschen aussaugte. So etwas würde sie werden … Sie war nicht auf so etwas vorbereitet. Sie konnte es einfach noch nicht glauben. Was würde mit ihr geschehen? Sie ballte die Hand um die Tablette zur Faust.

Aido hatte ihr alles gesagt, ohne irgendetwas zu verheimlichen. Er hatte all ihre Fragen beantwortet und ihr gesagt, was mit einem Menschen passierte, der von einem Reinblüter gebissen wurde. Fuka würde am Ende ein Vampir werden und kein Mensch mehr sein. Sie würde allmählich die Stufen bis zum Level E durchlaufen und schlussendlich zu einem Monster verkommen, das Leute angriff und ihr Blut aussaugte. Aido erklärte ihr, dass der Mann, der sie gestern bedroht hatte, ein Level E gewesen war. Also waren das tatsächlich die Reißzähne eines Vampirs, dachte sie, die zwei spitzen Zähne, die sie nur für einen kurzen Moment gesehen hatte. Ohne Aidos und Shikis Eingreifen hätte er ihr Blut ausgesaugt. Andererseits, wenn sie ihren Senpais nicht nachgelaufen wäre, hätte sie sich gar nicht in diese gefährliche Situation gebracht.

Ironischerweise hatte sie nun bei dem Gedanken an Aido, ihren Retter, kein Herzklopfen mehr. Das Erlebnis machte ihr nur noch Angst, weil sie jetzt wusste, dass auch sie irgendwann als Monster enden würde.

Ein Level E. In nicht allzu ferner Zukunft würde Fuka degenerieren. Wie würde sich das anfühlen? Sie würde ihre Freunde und die Menschen in ihrer Umgebung, jeden, der ihr in die Hände fiel, angreifen und deren Blut rauben. Wenn der Instinkt des Vampirs sie dazu brachte, ihre Reißzähne in den Hals eines Menschen zu bohren, würde sie in ihrem Herzen schreien: Ich wollte nicht so ein Monster werden! Ich hatte keine Wahl!

Dies war ihr Schicksal, gegen das sie sich nicht wehren konnte. Sie war froh, dass Aido ihr das ganz deutlich gesagt hatte. Es war besser, zu wissen, was auf sie zukam, als zu degenerieren, ohne zu ahnen, was da mit ihr geschah. Er hätte ihr das alles auch verschweigen können. Er hätte sich herausreden oder lügen können. Die Senpais waren alle von Geburt an Vampire … Das hatte Aido ihr erzählt, und dass Kaname einer der wenigen ›Reinblüter‹ war, die die Oberschicht der Vampirwelt bildeten, während er selbst und die anderen Schüler zur zweithöchsten ›Adelsschicht‹ gehörten. Mit anderen Worten: Sie waren alle Zugehörige der herrschenden Klasse. Darunter kamen die normalen Vampire, und den untersten Rang nahmen die Ehemals-Mensch-Vampire ein, wobei Leben und Tod der Vampire des Level E = END komplett von der herrschenden Klasse kontrolliert wurden.

Sie ›kontrollierten‹.

Fuka ›wurde überwacht‹.

Diese Hierarchie stimmte sie traurig und wütend. Sie unterschieden sich durch ihre Geburt und durch ihre soziale Stellung. Diese Unterschiede trennten sie. Für die herrschende Klasse war sie vermutlich nicht mehr als ein Haustier. Wenn das so war, dann wäre es ihr lieber gewesen, sie wäre nicht gerettet worden.

»Hast du etwa nur gelitten in deinem Leben? Hast du dich nicht ein einziges Mal glücklich gefühlt?«

Aidos Stimme hallte in ihrem Kopf wider, und Fukas Herz, das angefangen hatte sich vor Hass zu verhärten, wurde plötzlich weich. Wäre sie nicht an die Academy gekommen, dann hätte sie ihre beste Freundin Kanae nicht kennengelernt.

»Ich werde niemanden hassen …«

Davor wollte sie sich bewahren – trotz des schweren und harten Schicksals, das ihrer Seele aufgebürdet worden war. Auch wenn sie sich so sehr davor fürchtete, dass sie laut schreien und weglaufen wollte. Ihr blieb nur ein einziger Weg: Sie musste jeden Tag mit ganzer Kraft leben. Sie war sie selbst, sie konnte niemand anders werden. Daran musste sie glauben. Sie wollte sich bis zum Schluss treu bleiben. Auch deshalb musste sie diese Tabletten schlucken. Sie waren die letzte Hoffnung, die ihr blieb. Das einzige Mittel, das ihre Zerstörung verhindern konnte. Es war eine kleine, eine winzige Hoffnung, aber ihr blieb im Moment nichts anderes übrig, als sich daran zu klammern.

Ein Schwindelgefühl überfiel sie. Ihr Blickfeld färbte sich rot, ihre Kehle war trocken, ihr ganzer Körper fühlte sich entsetzlich ausgetrocknet an. Schnell warf sie die Tablette in den Mund und spülte sie mit Wasser hinunter. Sie legte den Kopf in den Nacken, trank die Tasse mit großen Schlucken aus und keuchte. War es das Wasser, das den plötzlichen Durst gelöscht hatte, oder war es …

Fuka wusste nicht, was sie machen sollte, um ihren vor Angst und Unsicherheit zitternden Körper zu beruhigen. Hilfe …! Hilfe …!, flehte sie inbrünstig, doch es war niemand da, den ihre Worte hätten erreichen können. Fuka rollte sich in der Dunkelheit auf dem Bett zusammen. Das Zittern hörte die ganze Nacht lang nicht auf.

»Fuka, du bist in letzter Zeit so blass … Geht's dir irgendwie nicht gut?«

Als Fuka morgens ihre Schuluniform anzog, betrachtete Kanae plötzlich kritisch ihr Gesicht.

»Eh? Nein, wieso? Mir geht's prima!«

»Ja? Dann ist's ja gut, aber schläfst du auch genug? Und dein Appetit war auch schon mal größer, oder? Wenn irgendwas ist, sag's mir, okay? Ich bin jederzeit für dich da.«

»Ja, das ist lieb. Danke …«

Kanaes Freundlichkeit schnitt ihr ins Herz und tat ihr weh. Da sie das Gefühl hatte, gleich in Tränen auszubrechen, griff sie schnell nach ihrer Tasche.

»Ich geh schon mal los, ja?«

Beim Hinausgehen wurde ihr schon wieder schwindelig. Sie taumelte, ihr Blick verschwamm und in ihrem Kopf drehte sich alles. Oh nein!, dachte sie. All ihre Bemühungen, sich zusammenzureißen, nützten nichts, denn nun rutschte die Tasche aus ihren kraftlosen Fingern. Kanae kam zu ihr gelaufen und flüsterte erschrocken: »Was hast du, Fuka? Du bist kreidebleich!«

»Es ist nicht schlimm. Ich muss nur meine Tabletten nehmen, dann geht's wieder.«

»Jedenfalls musst du dich erst mal hinlegen! Kannst du stehen? Stütz dich auf mich. Wir gehen ganz vorsichtig!«

Kanae stützte Fuka, so gut sie konnte, und brachte sie zu ihrem Bett. Fuka öffnete mit zitternden Fingern ihr Pillendöschen und Kanae brachte ihr sofort ein Glas Wasser.

»Soll ich einen Lehrer oder den Arzt rufen?«

»Nein, lass nur, ich kenne das schon.«

Sie nahm die Tabletten mit einem Schluck Wasser.

»Wenn ich mich jetzt noch einen Moment ausruhe, geht es wieder.«

Sie seufzte erleichtert auf, dabei kullerte eine letzte Tablette aus ihrer Hand in das Glas.

»Oje!«

Die wertvollen Tabletten! Nun hatte sie eine davon vergeudet.

Während die weiße Tablette langsam im Wasser versank und sich auflöste, sonderte sie rote Farbe ab, die das Wasser allmählich zu einem giftigen, grausamen Purpurrot einfärbte.

»Irgendwie ist die Farbe unheimlich … Fuka, ist das wirklich ein Medikament?«

Kanae betrachtete das Glas und zog angeekelt die Augenbrauen hoch.

»J…Ja, keine Sorge. Ist wohl ein Farbstoff drin. Der schadet aber nicht. Normalerweise nehme ich die Tabletten auch nicht aufgelöst ein.«

Fuka redete munter drauflos, damit Kanae nicht merkte, wie schlecht es ihr ging, doch ihr Blick wanderte immer wieder zum dem blutrot gefärbten Wasser. Das Medikament wurde also aus Blut hergestellt ... Von dem Zeitpunkt an, wo sie Blut zu sich nahm, war sie bereits ein Monster, egal in welcher Form es geschah. Fuka überlief es kalt, da es ihr so vorkam, als ob ihr Bewusstsein in eine bodenlose Finsternis hineingezogen würde.

»Bist du okay? Vielleicht solltest du heute nicht zum Unterricht gehen. Ich sag den Lehrern Bescheid.«

»Nein, ich komme, wenn ich mich ein wenig ausgeruht habe. Richte ihnen bitte nur aus, dass ich mich verspäte.«

»In Ordnung ... Gut, dann gehe ich schon vor. Aber mute dir nicht zu viel zu, okay?«

Kanae sah sie unendlich besorgt an, doch dann ertönte der erste Gong und sie verließ eilig das Zimmer. Fuka, die sich mit letzter Kraft zusammengerissen hatte, streckte sich ganz auf ihrem Bett aus und atmete keuchend. Merkwürdig. Es dauerte viel länger als sonst, bis das Medikament wirkte.

»Ich hab nicht mehr viel Zeit. Aber ich will noch so lange wie möglich normal leben und zur Schule gehen...!«

Was würde passieren, wenn sie Kanae alles erzählte? Nein, das kam nicht in Frage. Die meisten Menschen wussten ja nicht einmal, dass Vampire überhaupt existierten. Wenn sie ihrer Freundin von ihrem Schicksal erzählte, würde sie nie wieder zu ihrem normalen Leben zurückkehren können. Auch Kanae würde schrecklich unter dem Los leiden, das

Fuka aufgebürdet worden war, und sich aus Angst vor ihrer besten Freundin vielleicht sogar distanzieren. Sie wollte nicht, dass Kanaes Lächeln, das sie so liebte, von Kummer überschattet wurde. Darum würde sie die Wahrheit vor ihr geheim halten. Wenn sie zum Level E degenerierte, würde sie ohne zu zögern sofort verschwinden. Diesen Entschluss hatte sie jetzt gefasst.

»Es tut mir leid, Kanae. Es tut mir so leid ...«

Fuka biss sich auf die Lippen.

Abends überzeugte Fuka sich davon, dass Kanae eingeschlafen war, und machte sich dann auf den Weg zum Haus Mond. Das majestätische Gebäude glänzte im Mondlicht – das Schloss der Vampire. Niemals hätte sie erwartet, dass sie einmal mit solchen Gefühlen herkommen würde. Als sie an die Tür klopfte, öffnete ihr Aido.

»Ach, du bist's. Brauchst du Tabletten?«

Fuka nickte mit starrem Gesichtsausdruck, ganz anders als früher.

»Ich hole sie. Komm doch rein.«

»Nein, ich warte hier.«

»In Ordnung. Bin gleich wieder da.«

Zu Anfang hatte sie hier so viel Spaß gehabt. Jetzt wollte sie nicht einmal mehr einen Fuß über die Schwelle setzen. Es war ihr zuwider. Sie wollte Ichijo und die anderen nicht mehr sehen. Denn nun kannte sie die kaltblütigen Gesichter der Herrschenden hinter ihren freundlichen Masken. Aido gehörte zwar auch zur herrschenden Klasse, doch sie hatte beschlossen, ihm zu vertrauen. Er war der einzige Vampir, der offen und ehrlich mit ihr gesprochen hatte, auch wenn es vielleicht nur dazu diente, das Experiment voranzubringen.

»Hiermit müsstest du eine Weile auskommen«, sagte er.

Sie spürte das Gewicht der Tabletten, die er ihr in die Hand gedrückt hatte, und bedankte sich leise.

»Vielen Dank!«

»Dir geht's nicht so gut, oder? Du siehst blass aus.«

»Aber nein! Ich nehme das Medikament ja regelmäßig ein.«

Fuka rang sich ein schiefes Lächeln ab.

»Wirklich? Dann ist es ja gut. Wenn irgendwas nicht stimmt, sag mir schnell Bescheid.«

»Ja ... Oh, apropos, bald ist ja Sankt-Schokolatius-Tag!«

Um vor Aido zu verheimlichen, dass es ihr ganz und gar nicht gut ging, wechselte Fuka schnell das Thema.

»Ah? Stimmt, dieses Event gibt's ja auch noch ...«

»Was magst du lieber, süße oder bittere Schokolade?«

Zum Glück erinnerte sich Fuka in ihrer Verzweiflung

noch daran, dass sie Aido ja zum Dank Schokolade schenken wollte. Als sie diese Idee gehabt hatte, wäre es ihr niemals in den Sinn gekommen, dass ihr bis zum bevorstehenden Sankt-Schokolatius-Tag so schreckliche Dinge zustoßen würden. Im Handumdrehen hatte sich ihr Schicksal gewendet und wurde nun allmählich mit blutroter Farbe überstrichen.

»Hmm … ich mag süße schon, aber sie darf nicht zu süß sein. Sonst schmeckt sie irgendwie seltsam.«

»Ach, ja?«

Fuka dachte daran, dass sie sich wegen des Sankt-Schokolatius-Tags ins Haus Mond eingeschlichen hatte. Im Garten hinter dem Haus war sie Kaname zum ersten Mal begegnet. Damals hatte alles begonnen … Obwohl es gerade erst passiert war, kam es ihr vor, als sei es schon vor langer Zeit gewesen.

»Ja – mein Ziel war es, Schokolade zu übergeben.«

»Hah? Wovon redest du?«

Als Fuka plötzlich diesen unverständlichen Satz von sich gab, hob Aido die Augenbrauen.

»Du willst ja wohl nicht mir Schokolade schenken?«

»Quatsch! Für mich gibt es nur Kuran-senpai!«

Fuka streckte dem unverblümt genervt dreinblickenden Aido die Zunge heraus.

»So, jetzt bin ich erst recht wieder voll motiviert! Ich geb alles!«

»Dass du Kaname-sama Schokolade übergibst, kommt

überhaupt nicht in Frage. Ich werde dich davon abhalten, egal was ich dafür tun muss!«

»Bitte sehr! Diese Herausforderung nehme ich gerne an!«

Fuka kicherte amüsiert. Da sie sich genauso locker verhielt wie sonst auch, übersah Aido die Vorzeichen der nahenden Tragödie.

In Aidos Zimmer wartete Kain auf ihn.

»Akatsuki …«

»Sie ist und bleibt ein Versuchskaninchen.«

Kain war ganz ruhig. Er machte Aido weder Vorwürfe noch kritisierte er ihn, sondern er wies ihn nur auf die Tatsache hin. Die Warnung lag zwischen den Zeilen. Lass dich nicht zu sehr auf sie ein!

»Wovon redest du? Das ist doch selbstverständlich.«

Aido glitt durch die Tür in sein Zimmer. Kain seufzte gottergeben und murmelte: »Wir sind Wächter. Wir dürfen keine Gefühle entwickeln. Mitgefühl ist sowohl für sie als auch für dich nur quälend, Hanabusa … Ist dir das denn wirklich nicht klar?«

VI

»Heute gibt es meinen köstlichen Spezial-Gemüse-Pot-au-Feu, meinen Spezial-Bratfisch mit Aromagemüse-Sauce, mein Spezial-Spinat-Knoblauch-Sauté und … ähm, hallo, Yuki und Kiryu-kun, hört ihr eigentlich zu?«

In der Privatwohnung des Direktors der Cross Academy ertönte wie immer um die Mittagszeit die unbekümmerte Stimme des Rektors. Yuki war die Adoptivtochter des Rektors und besuchte die dritte Klasse der Mittelschule. Nachdem sie die Produkte seiner Kochkunst vertilgt hatten, sah sie aus dem Fenster des Esszimmers zum Schulgebäude hinüber.

»Kaname-sama hat jetzt gerade Unterricht, nicht wahr?«

Sie fragte sich, was der intelligente Kaname, der alles zu wissen schien, wohl lernen mochte.

Die Night Class war vor einigen Jahren ganz im Sinne der Philosophie des Rektors eingerichtet worden: Eine friedliche Koexistenz zwischen Vampiren und Menschen ist möglich. Zu diesem Zweck wurden in der Night Class junge Vampire zu einer Gruppe mit neuen Ansichten erzogen. Die Cross

Academy war weder Highschool noch Universität, und als Ausgleich für ein Studium auf allerhöchstem Niveau war die Dauer des Besuchs der Academy nicht festgelegt. Da Vampire wesentlich länger lebten als Menschen, konnte man sie nicht in den Rahmen der menschlichen Zeiteinteilung zwängen.

»Ich habe gehört, dass sie sich intensiv mit der Entwicklung einer Bluttablette beschäftigen, die das Blutsaugen überflüssig macht. Ich setze große Hoffnungen in das Resultat, schließlich handelt es sich hier um lauter hochbegabte Kinder.«

Nach diesen Worten des Rektors platzte Zero angewidert heraus: »Was für ein Schwachsinn! Wie können Sie so völlig ohne Bedenken dem Treiben dieser blutgierigen Bestien zusehen?!«

»Zero! Du gehst zu weit!«, wies Yuki ihn zurecht. Daraufhin wandte Zero offensichtlich schlecht gelaunt den Blick ab. Er stellte klappernd das Geschirr auf dem Tisch zusammen und verschwand in die Küche.

»Ich geh abwaschen.«

»Was meinen Sie, Rektor, ob Zero okay ist …? Wird er nächstes Jahr in die Highschool gehen?«

Yuki sah den Direktor besorgt an. Zero war ein Jahr älter als sie und müsste eigentlich die erste Klasse besuchen. Doch im Moment nahm er an keinerlei Unterricht teil, weil er es ablehnte, in die Day Class zu gehen. Yuki und der Rektor kannten den Grund: Zero wollte den Schülern der Night Class nicht begegnen.

Doch das würde sich nicht vermeiden lassen, da sie, obwohl sie strikt voneinander getrennt waren, dasselbe Schulgebäude benutzten.

Zero lehnte Vampire ab und verabscheute sie, weil seine Familie von einem bösartigen Vampir getötet worden war … Yuki verstand seine Gefühle. Jeder würde denjenigen hassen, der seine Familie oder jemanden, der ihm nahestand, umgebracht hatte. Das war selbstverständlich. Aber … er musste doch Kaname-sama nicht auch verabscheuen. Kaname-sama war doch nicht so! Er war der Vampir, der Yuki das Leben gerettet hatte. Ihr Beschützer, der immer ein Auge auf sie hatte. Sie redete sich den Mund fusslig, um Zero klarzumachen, dass es auch »gute Vampire« gab, doch er wollte das einfach nicht wahrhaben. Aber wenn sie im nächsten Jahr auf die Highschool kam, dann würde sie Zero dazu bringen, mitzugehen, schwor sie sich insgeheim und zog die Gardinen zu.

Es war erst drei Tage her, dass Fuka mit Kanae in der Stadt gewesen war. An diesem Abend war sie früh zu Bett gegangen, sie war entsetzlich blass und erschöpft. Die Übelkeit will gar nicht mehr weggehen ... Was soll ich nur machen ...?, fragte sie sich verzweifelt. Schon am Morgen war es ihr nicht gut gegangen, und sie hatte sorgfältig darauf geachtet, sich nicht zu überanstrengen. Häufig verbesserte sich ihr Zustand gegen Abend, doch heute gab es keinerlei Anzeichen dafür. Sie hatte eher das Gefühl, dass es immer schlimmer wurde. Obwohl ihr nicht schwindelig war, beschloss sie, die Tabletten zu nehmen. Sie zog ihr Pillendöschen hervor und stand langsam vom Bett auf. Kanae war gerade im Bad. Wenn Fuka die Ohren spitzte, konnte sie das Wasser rauschen hören. Es würde wohl noch einige Zeit dauern, bis ihre Freundin wieder herauskam. Fuka nahm ihre ganze Kraft zusammen und lief zum Waschbecken. Ihre Beine waren so schwer, dass sie fürchtete, es nicht zu schaffen. Alles schwankte vor ihren Augen. Dann sah sie nur noch Schwarz, hörte nichts außer einem Klingeln in den Ohren und verlor jegliche Orientierung. Sie spürte nur, dass ihre Hände und Füße kalt wie Eis waren und dass ihr Herz unangenehm hämmerte.

»Hil...fe ...«

Fuka war kurz davor, das Bewusstsein zu verlieren.

»Bin fertig mit Duschen! Wie geht ...«

Kanae kam in ein Badetuch gewickelt aus dem Badezimmer. Sie riss die Augen auf, als sie Fuka zusammengesunken auf dem Boden hocken sah.

»Fuka! Was ist mit dir?«

»A...Alles ... o...ka...«

»Du bist überhaupt nicht okay, du bist total bleich! Wo sind deine Tabletten?!«

Fuka hielt die Pillendose mit ihrer zitternden Hand umklammert.

»Warte, ich hole Wasser!«

Kanae goss Wasser in ein Glas, half Fuka sich hinzulegen und versuchte dann, ihr die Tabletten zwischen die Lippen zu schieben.

»Fuka, deine Tabletten! Schluck sie bitte!«

Langsam erreichte ein warmer, süßer Duft Fukas trübes Bewusstsein. Was war das für ein Duft? Er lockte sie, zog sie an. Fuka öffnete ihre fest geschlossenen Lider und sah mit leeren Augen zu ihrer Freundin auf. Ah, es ist Kanae!, dachte sie und richtete sich langsam auf, als würde sie von ihrem Duft angezogen. Es war nicht der Duft von Shampoo oder Duschgel. Der vom Duschen erwärmte Körper strömte ihn aus, diesen Geruch.

»Halt, Fuka! Kannst du schon wieder aufstehen? Komm jetzt, nimm die Tabletten!«

Mit irrem Blick suchte Fuka nach dem Ursprung des süßen Dufts. Kanae hatte sich nach dem Waschen die Haare hochgesteckt. Ihre weiße Nackenlinie war entblößt – unter der rosigen Haut am Hals konnte Fuka die Adern durchschimmern sehen. Adern, die mit jedem Herzschlag pulsierten. Bubumm, bubumm. Fukas Herz klopfte im Gleichklang mit Kanaes Puls. Es sah köstlich aus. Es sah unglaublich köstlich aus. Sie schluckte ihren Speichel hinunter. Sie hatte Durst. Sie konnte diesen Durst nicht mehr mit den Tabletten stillen. Denn hier hatte sie etwas vor sich, das viel süßer war als die Tabletten.

»Fuka?! Hörst du mich?!«

Endlich wurde auch der Freundin klar, dass Fuka in keinem normalen Zustand war. Sie griff brutal nach Kanaes Schultern und zog sie an sich.

»Au!«

Solche Gewalt passte gar nicht zu Fuka. Kanae verzog das Gesicht und sah ihre Zimmerkameradin ängstlich an.

»Was ist denn mit dir, Fuka? Du bist so seltsam! Deine Augen sind ganz blutunterlaufen, und dein Mund … Waaaaaah!«

Das Beben in ihrer Stimme mündete in einen spitzen Schrei. Fukas Kopf näherte sich ihrem Hals … das heißt, nein, sie …

»Fu…ka …?«

Aus Fukas weit geöffnetem Mund ragten weiße Reißzähne. Kanae schloss die Augen, öffnete sie aber wieder, als sie einen kurzen Schmerz spürte: Diese Reißzähne hatten sich exakt in ihre Halsschlagader gebohrt und saugten das Blut heraus. Kanae konnte deutlich hören, wie Fuka schluckte. Köstlich … wie köstlich das schmeckt! Mehr! Gib mir mehr davon … Fuka hatte vollkommen die Kontrolle über sich verloren. Hier waren ein Vampir und seine Beute. Kanae war weder ihre Freundin noch ihre Zimmerkameradin, sie war reine ›Nahrung‹. Der Vampir in Fuka war wie berauscht vom Geschmack menschlichen Bluts, das sie zum ersten Mal in ihrem Leben kostete. Unersättlich und gierig fuhr sie fort, es hinunterzuschlingen. Doch noch war sie nicht gesättigt. Sie wollte mehr. Sie umfasste Kanaes bereits kraftlosen Körper mit ihren Armen und spürte dabei, wie sich das warme Rot wohltuend in ihrem Inneren ausbreitete. Fuka überließ sich ganz und gar ihrem Glücksgefühl und ihrer Gier, gegen die sie sich nicht wehren konnte ... Dann verlor sie plötzlich das Bewusstsein.

Wie viel Zeit war vergangen, wie lange war sie bewusstlos gewesen? Fuka fröstelte auf einmal und öffnete die Augen. Verwundert stellte sie fest, dass sie auf dem Boden lag. Sie wollte sich mit der Hand am Boden abstützen, um aufzustehen, als ihre Fingerspitzen die Wange der neben ihr liegenden Kanae berührten.

»Kanae ...?«

Kanae lag mit fest geschlossenen Augen da, leblos und weiß wie ein Blatt Papier. Ihre Haare waren immer noch feucht. Es konnte also nicht lange her sein, dass sie aus der Dusche gestiegen war.

»Kanae, was ...«

Die Wange an ihren Fingern war eiskalt. Dann fiel Fukas Blick auf die zwei winzigen Löcher an Kanaes Hals. Zwei kleine Wunden, die aussahen, als hätte ein Vampir zugebissen. Vampir? Fuka schlug sich erschrocken die Hand vor den Mund.

»War … war ich das etwa …? Habe ich sie …?!«

Sofort erhielt sie die Antwort auf diese Frage: Ihr Blick fiel auf ihre Handflächen, die noch immer klebrig und voller Blut waren. Als sie sich hastig umschaute, entdeckte sie überall Blutflecken: auf dem Boden, auf ihrer Kleidung, überall. Hatte sie das getan …?

»Kanae … oh mein …! Es tut mir leid! Mach die Augen auf, Kanae …!«

Sie umklammerte die ohnmächtige Freundin und schüttelte sie. Der kraftlose Körper schwankte leicht in ihren Armen und im Takt dazu rannen aus den zwei Wunden frische Bluttropfen. In diesem Augenblick erwachte die entsetzlich schamlose Gier erneut zum Leben.

»Köstlich … So ein Durst … mehr … mehr … mehr, mehr, mehr …!«

So trank sie noch mehr Blut. Kanaes Blut, das Blut ihrer besten Freundin. Sie trank das Blut eines Menschen!

»N…Neiiiiiin!«

Poch, poch, poch! Es wurde kein Besuch erwartet. Aido, der zufällig gerade im Erdgeschoss war, öffnete mit unverhohlen missbilligender Miene die Tür.

»Wer macht da solchen Krach?! Ach, du bist's. Was soll der Lärm? Wenn es um die Tabletten geht ...«

Seine Miene verhärtete sich im Nu und er zog seine wohlgeformten Augenbrauen zusammen. Es roch nach Blut ... und zwar genau vor ihm.

»Hast du ...«

Fuka stand blutbefleckt vor ihm und zitterte vor Entsetzen wie ein kleines Kind.

»Sen...pai ... i...ich ... habe Kanae ...«

Sie versuchte verzweifelt, ihm zu erklären, was passiert war, doch vor lauter Schluchzen konnte sie nicht richtig sprechen.

»Hast du jemandem Blut ausgesaugt ...?«

»Ka...Kanae ... Was soll ich nur machen? Vielleicht ist sie tot ... Sie bewegt sich nicht. Sie bewegt sich nicht mehr!«

»Kanae? Deine Zimmerkameradin?«

Fuka nickte unter Tränen.

»Hast du die Tabletten nicht genommen?!«

Aido packte sie brutal an den Schultern.

»I...Ich hab sie genommen ... Ich hab sie die ganze Zeit genommen ...«

»Aber warum ...«

Aido kam ein schrecklicher Gedanke.

»Das ist doch nicht etwa …«

Ihm fiel nur eine plausible Erklärung ein.

»Eine Resistenz?«

Wenn man ein Medikament über eine längere Zeit hinweg einnahm, dann konnte der Körper immun dagegen werden. Das bedeutete, dass es seine Wirkung verlor. Die Tabletten, die er Fuka gegeben hatte, hatten anfangs gewirkt. Doch möglicherweise hatte Fukas Körper im weiteren Verlauf der Einnahme Antikörper gebildet. So etwas konnte passieren …

»Sie wirken also nicht mehr …«

Fuka war zwar das erste Mädchen, an dem die Tabletten getestet wurden, doch mit diesem Ergebnis hatte er nicht gerechnet.

»Verdammt …«

Wenn sie hier stehen blieb, würden die anderen Schüler der Night Class den Geruch des Blutes bemerken. Er konnte Fuka nicht hierbehalten.

»Komm mit in mein Zimmer.«

Gerade als er dem zitternden Mädchen bedeutete, ihm in sein Zimmer zu folgen, kamen Ichijo und Shiki die Treppe herunter.

»Warte, Aido. Das geht uns auch etwas an. Es wäre schön, wenn du nicht versuchen würdest, dir das alleine aufzubürden.«

Ichijo sprach mit leicht tadelnder und dennoch sanfter Stimme, während er auf Fuka zuging. Sie krümmte sich zusammen und machte einen Schritt rückwärts. Aido trat vor sie, wie um sie zu beschützen.

»Ichijo …«

»Für den Moment ist es das Wichtigste, dass sie sich beruhigt.«

Sein Blick wanderte zu Fuka, die sich hinter Aido versteckte.

»Deine Freundin ist am Leben. Ruka und Kain haben mir das eben berichtet.«

»Kanae …«

Sie lebte! Vor lauter Erleichterung fing Fuka an, hemmungslos zu weinen. Sie bedeckte das Gesicht mit beiden Händen und schluchzte heftig.

»Ich bin so froh! Ich dachte, ich hätte sie getötet … Aber wieso haben die Senpai …?«

Ichijo blickte erst verlegen zu Aido und dann wieder zu Fuka.

»Ehrlich gesagt haben wir dich in den letzten Tagen überwacht.«

»Hattet ihr die Überwachung nicht mir aufs Auge gedrückt?«, fragte Aido.

»Kain meinte, du wärst ›nicht unbeteiligt‹ … und Shiki hat mir von dem Vorfall in der Stadt erzählt. Deshalb haben wir so gehandelt.«

»Das ist …«

Aido biss sich ärgerlich auf die Lippe.

»Zurück zum Thema. Deine Zimmerkameradin hat zwar überlebt, aber du hast ihr anscheinend eine ziemlich große Menge Blut abgenommen. Sie wird eine Weile im Bett bleiben müssen.«

Fukas Erleichterung hatte nur einen Moment angehalten. Bei Ichijos Worten lief ihr ein eiskalter Schauer über den Rücken.

»Ich bin widerwärtig ... Ich kann ihr nicht mehr unter die Augen treten...«

Sie sackte in sich zusammen und fiel auf den Boden. Sie hatte ihrer besten Freundin nicht nur Blut ausgesaugt, sondern sie um ein Haar sogar getötet.

»Was soll ich jetzt bloß machen ...?«

Fuka wusste nicht mehr weiter. Dieses Verbrechen würde sie ihr Leben lang verfolgen. Als Ichijo sah, wie verzweifelt sie war, sagte er in ruhigem Ton: »Mach dir keine Sorgen, die Erinnerung deiner Freundin ist gelöscht. Sie wird vermutlich nur denken, dass sie umgekippt ist, als sie aus dem Bad kam.«

»Eh ...?«

»Bei dir wurde doch auch die Erinnerung an den Unfall gelöscht, nicht wahr? Dasselbe haben wir bei ihr gemacht.«

»Aber ...«

Sie sah Kanae wieder vor sich, wie sie blutend am Boden lag. Fuka beschloss, sich zum Besten ihrer Freundin und ihrer selbst von Kanae zu trennen.

»Selbst wenn ihre Erinnerung gelöscht wurde, kann ich nicht zu ihr zurückgehen. Ich würde sie doch nur wieder der Gefahr aussetzen …«

Wenn sie jetzt noch bei ihr bliebe, würde sie sie am Ende doch noch töten, sobald sie zum Level E degeneriert wäre.

»Du hast Recht. Wenn du zum Level E wirst, bist du nur noch ein ›Tier‹, das blind nach menschlichem Blut verlangt. Deshalb kann ich deine Entscheidung nur unterstützen.«

»Was … soll ich jetzt machen?«, fragte Fuka mit zitternder Stimme und sah Ichijo dabei direkt in die Augen.

»Wir müssen dich isolieren, bevor du zum Level E degenerierst. Solange du noch du selbst bist, stellen wir dich unter unsere Überwachung. Du wirst keinen Kontakt mehr zur Außenwelt haben und in aller Stille darauf warten, dass es passiert.«

»Das bedeutet also …«

»Du wist einsam auf deinen Tod warten.«

Diese Worte kamen von Shiki, der bisher geschwiegen hatte. Dann biss er auf seine Fingerspitze – aber es quoll kein Blut daraus hervor, sondern eine Peitsche blitzte auf, die sich um Fukas Körper schlang. Sie schrie auf.

»Shiki, was machst du da?«, rief Aido empört.

Anstelle von Shiki antwortete Ichijo. »Wir müssen sie fesseln. Die Geschwindigkeit, mit der sie degeneriert, ist nicht normal. Es geht zu schnell. Wir können nicht riskieren, dass sie in ihr Zimmer im Wohnheim zurückgeht.«

»Aber … sie ist doch noch nicht zum Level E geworden! Außerdem haben wir noch Zeit, das Medikament zu verbessern, um damit das Voranschreiten zu stoppen …«

Aido hatte die Fäuste geballt und zitterte, als würde er etwas mit Gewalt unterdrücken. Aido-senpai … Fuka schnürte es fast das Herz ab, als ihr klar wurde, dass er wirklich versuchte, sie zu beschützen.

»Ich verstehe dich ja. Aber du weißt sicher auch, dass wir sie nicht in die Academy zurückgehen lassen können.«

»Natürlich weiß ich das! Trotzdem …«

»Aido, belass es dabei …« Beim Klang dieser Stimme wurde die Atmosphäre in der Lobby für einen Moment angespannt. Alle Anwesenden wandten ihre Augen in die Richtung, aus der die Stimme so plötzlich gekommen war: Kaname stieg die Treppe hinunter.

»Kaname …«

»Hausvorstand Kuran …«

»Bitte verzeiht, dass ich mich so aufgeführt habe.«

Aido lockerte seine Fäuste und verbeugte sich höflich.

»Schon in Ordnung. Sag mir lieber, wie du vorgehen möchtest …«, forderte Kaname ihn mit souveräner Miene auf, so als durchschaue er alles.

»S…Sie hat mir vertraut und regelmäßig die Tabletten eingenommen. Darum will ich nicht, dass sie noch schlimmer … von uns verraten …«

Er konnte nicht weitersprechen und biss sich auf die

Lippe. Ihm war zutiefst bewusst, dass er sich Kaname gegenüber unverschämt verhielt. Doch er würde seine Äußerung nicht zurücknehmen. Kaname konnte Aidos Entschlossenheit in seinem Gesicht lesen.

»Also gut. Ich vertraue sie dir an.«

Die Mienen von Ichijo und Shiki verdüsterten sich.

»Kaname! Das ist …«

»Ihr habt mich gehört, Ichijo und Shiki.«

»… Ja.«

Shiki verbeugte sich schnell, als Kaname die Treppe wieder hinaufging, während Ichijo schweigend nickte.

»Lass uns erst mal rausgehen.«

Aido nahm Fuka am Arm und trat mit ihr aus dem Haus.

»Uuh … kalt!«

Jetzt erst fiel Fuka auf, dass sie nur ihren Pyjama trug. Da sie es so eilig gehabt hatte wegzulaufen, hatte sie sich über ihre Bekleidung keine Gedanken gemacht. Sie zitterte vor Kälte. Rasch zog Aido seine Jacke aus und hielt sie ihr hin.

»Zieh das hier über!«

»Vielen Dank!«

Fuka verkroch sich in der Strickjacke, die noch von Aidos Körper warm war. Die beiden gingen durch den dunklen Park. Weit hinter der Mauer sah man das Haus Sonne. Man konnte nur einen kleinen Teil des Gebäudes erkennen, doch

Fuka sah sehnsüchtig zu ihm hinüber. Sie würde nie mehr dorthin zurückkehren. Das bedeutete, sie konnte auch nicht mehr nach Hause zurück. Jeden Tag, den sie hier an der Academy war, hatte sie genossen. Sie hatte nicht oft an ihre Familie gedacht. Ich hätte wenigstens ab und zu mal anrufen sollen, dachte sie. Aber wenn sie jetzt anriefe und die Stimme ihres Vaters oder ihrer Mutter hörte, würde sie in Tränen ausbrechen. Das wollte sie nicht. Sie musste schnell etwas sagen, um an etwas anderes zu denken und ihre sehnsüchtigen Gedanken zu verdrängen.

»Aido-senpai?« Aido drehte sich um.

»Was ist?«

Die in der Finsternis schwarz schimmernden Augen des Vampirs jagten ihr keine Angst ein. Er war der Einzige, der sie retten würde.

»Ich habe eine Bitte.«

»Heraus damit.«

Mit Trauer und Furcht im Herzen, aber fest entschlossen setzte Fuka an: »Solange ich noch ich selbst bin …«

Ein nächtlicher Windstoß fuhr durch die Bäume und ließ die Blätter rascheln. Die Luft war feucht und schwer. Vielleicht würde es anfangen zu regnen. Trotzdem war es um die beiden herum merkwürdig still. In diesem wie von allem abgeschnittenen, ruhigen Raum spürte Fuka sogar eine Art Verzückung. Niemand würde sie stören. Die Welt konnte nicht so schlecht sein, dass ihr nicht dieser eine bescheidene

Wunsch erfüllt würde. Wenn nicht einmal das gelänge, dann würde sie lieber mit der Welt zusammen untergehen. Sie kümmerte sich nicht darum, ob man sie als anmaßend beschimpfen mochte oder ihr vorwarf, sie sei egoistisch. Denn wenigstens ihre Gedanken konnte niemand fesseln. Und dies war ihre letzte Bitte: »Ich möchte durch deine Hand sterben … Aido-senpai.«

Aido riss die Augen auf.

»Was redest du da …?!«

»Ich will es so.«

Fuka sah ihm gerade in die Augen. Sie fürchtete sich nicht mehr. Ihre Angst war verflogen. Sie hatte nur keine Zeit.

»Es dauert noch eine Zeit lang, bis du degenerierst. Ich werde das Medikament verbessern, also sag so was nicht!«

Seine Stimme klang gepresst. Doch ihr Blick blieb starr.

»Ich hätte Kanae fast umgebracht … Ich habe nicht gedacht, dass es so weit kommen würde, aber ich konnte mich nicht zurückhalten.«

»Wir besorgen Blut von dem Reinblüter, der dich gebissen hat. Ich …« … kümmere mich darum, wollte er fortfahren, doch Fuka schnitt ihm das Wort ab.

»Nein, es ist schon gut …«

Wenn diese Methode wirklich Erfolg versprechend gewesen wäre, dann hätte Aido es längst versucht. Mit anderen Worten: Es war unmöglich.

»Ich möchte dir nicht noch mehr Ärger bereiten als ohnehin schon … Außerdem habe ich keine Zeit mehr. Denn ich weiß, dass ich nach und nach nicht mehr ich selber sein werde.«

Ich will Blut. Ich habe Durst … Ich bin ausgehungert … Ich will Blut …

In Fukas Innerem stritten zwei Persönlichkeiten miteinander. Sobald sie nicht aufpasste, würde der Instinkt des Vampirs die Oberhand gewinnen.

»Ich bin bereit zu sterben, wenn du es tust.«

Fuka lächelte strahlend. Sie erinnerte sich an Shikis Worte: »Einsam auf den Tod warten.«

»Wenn ich zum Level E degeneriere, werde ich mein Bewusstsein verlieren und zum ›Tier‹ werden … Am Ende werde ich isoliert sein, ein heruntergekommenes Wesen … Wahrscheinlich werde ich in totaler Verzweiflung sterben… So ein Ende will ich nicht.«

Aido sah sie fast erstaunt an. War dieses Mädchen immer so vernünftig gewesen? Sie war doch so verantwortungslos und waghalsig gewesen, als sie aus Liebe zu Kaname über die Mauer kletterte. Sie hatte ihre Einladung, sie zu besuchen, für bare Münze genommen und sich leichtgläubig darüber gefreut. Dann hatte sie fröhlich bei ihnen gesessen und geplaudert wie ein kleiner Spatz. In seinen Augen war dieses Mädchen namens Fuka einfach nur dumm gewesen. Doch jetzt sah er sie wirklich: Sie ist einfach unglaublich unverstellt und geradlinig … In diesem Augenblick verstand er ihr Verhalten.

»Wenn ich zum Level E degeneriere … werde ich von irgendeinem der Adligen gejagt, nicht wahr?«, fragte sie.

»J…Ja, ich denke schon …«

Jäger und Gejagte. In dem Fall …

»Lass mich bitte wählen, von wem ich gejagt werde.«

Ihr Entschluss stand für sie unumstößlich fest und sie sah Aido tief in die Augen.

»Ich möchte durch deine Hand sterben, weil du bis zum Schluss zu mir gehalten hast. Ich will nicht von einem fremden Vampir getötet werden.«

Da sie nicht vor ihm weinen wollte, zwang sie sich, munter zu klingen. Sie wusste nicht, ob Aido sich noch lange an sie erinnern würde, doch er sollte sie wenigstens lächelnd in Erinnerung behalten.

»Warum? Wir … Ich habe dich doch benutzt!«

Er wollte weitersprechen, doch sie verschloss ihm sanft den Mund mit ihrem Zeigefinger. Sag nichts. In diesem Moment bin ich sehr glücklich. Darum sag bitte nichts.

»Ich bin dir nicht böse.« Sie lächelte. Es war ein ganz und gar reines Lächeln. Flüchtig, vergänglich und schmerzlich. Sie wehrte sich gegen ihr Schicksal. Sie wehrte sich mit Leib und Seele dagegen, zum Level E zu verfallen und als blutgieriges Tier zu enden. Das musste sie verhindern, somit war ihr Wunsch der einzig richtige Weg …

»In Ordnung ...«

Aido hatte sich entschieden. Durch seine spezielle Fähigkeit, das ›Eis‹, war der stille nächtliche Park bereits von Kälte erfüllt. Aido hob seine Hand und ließ eine Klinge aus Eis aus ihr hervortreten.

»Bist du bereit ...?«, vergewisserte er sich flüsternd, während er Fuka mit dem anderen Arm an sich zog. Sie schloss langsam die Augen und lächelte. Es war ein liebliches Lächeln. Sie sollte wenigstens nicht lange leiden. Aido stieß die Klinge aus Eis entschlossen in ihre Brust.

»Uh ...«

Ihr Gesicht verzerrte sich qualvoll. Die Kälte breitete sich in ihrem Körper aus – sie beruhigte das tobende Tier in ihrem Inneren und ließ allmählich alles erfrieren ... Dies war die Erlösung für Fuka.

»Aido-senpai ... darf ich dich zum Schluss noch etwas fragen ...?«

»Was denn?«

»Wenn ich ... sagen würde, dass ich dich liebe ... Was würdest du denken?«

Aido zögerte und machte ein verlegenes Gesicht. Fuka lachte kurz auf.

»Du bist ... sehr ehrlich ...«

»Tut mir leid ...«

Aido zog die Augenbrauen zusammen.

»Schon gut ... Ich... glaube, dass ich dich geliebt habe

… darum … bin ich glücklich … dass ich in deinen Armen sterben kann …«

Sie lächelte und sah sehr friedlich aus. Dann nahm sie ihre letzten Kräfte zusammen und berührte mit ihren gefrorenen Fingerspitzen Aidos Wange. So warm, dachte sie. Dabei ist er doch ein Eis-Vampir … Ihre winzig kleine Lebensflamme würde gleich erlöschen. Es würde nicht mehr lange dauern. In Fukas Augen spiegelte sich Aidos Gesicht. Seine Miene war voller Trauer.

»Fu…ka …«

Als er zum ersten Mal ihren Namen aussprach, lächelte Fuka voller Glück. Es war ein Lächeln reiner Unschuld. Danke, Aido-senpai … Ihr Mund bewegte sich zum Schluss noch einmal ganz leicht. Doch es kamen keine Worte mehr über ihre Lippen. Die Hand, die Aidos Wange berührt hatte, fiel still und kraftlos herab. Fuka schloss langsam die Augen und starb so ruhig, als würde sie einschlafen. Ihr Gesicht sah friedlich und sehr glücklich aus. Ihr letzter Wunsch war in Erfüllung gegangen.

Riesel, riesel. Aido kniete immer noch an derselben Stelle und sah auf seine Arme, die Fuka gerade eben noch gehalten hatten. Fukas Körper hatte sich in Sand verwandelt und auch ihr Lächeln verschwand auf ewig. Nur eine durch Mark und Bein gehende Kälte blieb zurück. Aido nahm eine Handvoll von dem Sand, der sich zu seinen Füßen ausbreitete. Er rieselte durch seine Finger auf den Boden. Dann murmelte er

zum Abschied: »Ehemals-Mensch-Vampir … Ich dachte … ich könnte dich retten.«

Seine eigene Machtlosigkeit deprimierte ihn. Das Leben eines Menschen war verglichen mit dem eines Vampirs kurz wie ein Augenblick, doch Fukas Lebensflamme war besonders flüchtig gewesen. Trotzdem hatte sie etwas zurückgelassen. Aido spürte einen Schmerz in seiner Brust, als hätte man ihm einen Pfahl hineingestoßen.

Eine Weile noch verharrte Aido in dieser Position, dann stand er schließlich auf und sah zum Himmel auf. Er merkte immer noch nicht, dass ihm seit geraumer Zeit Tränen über die Wangen liefen. Sein bedrückter Gesichtsausdruck zeigte eine tiefe und reine Trauer und mutete wie ein letztes Gebet für die Verstorbene an.

»Ich werde mich nie wieder auf einen Ehemals-Mensch-Vampir einlassen … Sie sind anders als wir. Das hatte ich doch gewusst! Und trotzdem …«

Er hatte sich intensiv in der Bluttabletten-Forschung engagiert. Das Experiment mit Fuka würde wohl einfach als ein Testergebnis in die zukünftige Forschung eingehen. Mit Fukas Beseitigung hatte er nur seine ihm als adliger Vampir auferlegte Pflicht getan. Warum hatte er dann dieses merkwürdige Gefühl, als habe sich plötzlich ein Loch in seiner Brust aufgetan, durch das ein scharfer Wind pfiff wie durch eine Höhle?

Die ersten Regentropfen fielen vom bewölkten Himmel. Sie waren erst klein, wurden dann immer größer und durchnässten Aido von Kopf bis Fuß. Es schüttete immer kräftiger und es schien, als würde der Himmel zusammen mit Aido weinen. Sollte es ruhig regnen … Er kümmerte sich nicht darum, dass er nass wurde, er blieb einfach stehen. Sollte der Regen doch erbarmunglos den Sand davonschwemmen. Sollte er ihn doch zusammen mit Fukas traurigem Schicksal wegspülen. Doch dieser Regen passte überhaupt nicht zu ihr. Zu Fuka passte ein fröhliches Lächeln wie das Strahlen der Sonne, und das war etwas, womit Vampire, die in der Nacht lebten, letztendlich nichts anfangen konnten.

»Sayonara, Fuka …«

Er öffnete die fest geballten Fäuste. Er spürte den letzten Rest Sand, der in seiner Handfläche zurückgeblieben war, bis der Regen auch ihn weggespült hatte und nichts mehr übrig ließ.

Nach diesem traurigen Vorfall wurden an der Cross Academy die Guardians eingeführt. Der Zutritt zum Haus Mond wurde von da an streng kontrolliert.

Yuki Kurosu. Zero Kiryu.

Ihre Geschichte beginnt erst einige Zeit später.

AUGENBLICKE

Possierlich streckte ein Hase sein Näschen in den Himmel und schnupperte in der Luft. Der Wald hier mitten in den Bergen war so dicht, dass er die Gegenwart des Jägers noch nicht bemerkt hatte. Zero, der seine Aura unterdrückt hatte, richtete das Gewehr genau auf den Hasen und ... zögerte für einen kurzen Moment. Wenn er abdrückte, würde der Hase sterben. Sein rotes Blut würde hinausfließen und von einem Moment zum anderen wäre sein Leben beendet. Aber da Hasen den Menschen als Nahrung dienten, musste es nun mal so sein.

Es war alles andere als ein sinnloser Tod. Er holte tief Luft, seufzte und schnalzte etwas genervt mit der Zunge ... und drückte ab. Pamm! Zero hatte nur ganz kurz gezögert, aber das hatte gereicht, um den Lauf minimal zu verschieben: Der aufgeschreckte Hase flüchtete schnell ins Gebüsch. Na toll, jetzt gibt's kein Abendessen, dachte Zero und seufzte halb verärgert, halb erleichtert. Im nächsten Moment hörte er einen Schuss, dann kam ein Junge aus dem Gebüsch hervorgesprungen. Er war ein wenig älter als Zero und seit ein paar Tagen mit ihm zusammen in der Ausbildung.

»Kaito ...«

Von Kaitos Hand baumelte der eben noch lebendige

Hase herunter. Unwillkürlich hielt Zero den Atem an. Die Kugel hatte das Tier mitten ins Herz getroffen. Bestimmt hatte es gemerkt, dass dies sein Ende war, aber keine Zeit gehabt, Schmerz zu fühlen.

»Toll, Kaito! Du hast ihn mit einem Schuss erledigt.«

»Und du hast ihn ja wohl verfehlt, oder war das Absicht?«

»Äh ...«

Kaito lachte verschmitzt, als hätte er Zero durchschaut.

»Der arme Kleine ... nicht wahr?«

Kaitos Miene war eisig. Er schien Zero zu verspotten. Mit seinen fünfzehn Jahren war er natürlich größer als Zero, seine Gesichtszüge waren erwachsener und er wirkte reifer.

»Diese Einstellung kannst du aus deinem Repertoire streichen. Vor allem als Vampire Hunter.«

Mit dieser dahingeworfenen Bemerkung schleuderte Kaito die Hasenleiche von sich. Sie landete in Zeros Armen. Die Augen des Hasen waren geschlossen und er war noch warm.

Es war still in den Bergen, in die sich kaum einmal ein Mensch verirrte. Verglichen mit der Stadt war das hier eine andere Welt. Zero wohnte bei dem Vampire Hunter Toga Yagari in einem Blockhaus in der Nähe eines Sees und machte dort seine Ausbildung. Zero stammte aus einer Familie von Vampire Hunters, und seine Eltern waren auch jetzt ständig für ihre ›Arbeit‹ unterwegs.

Als Zero und Kaito zum Blockhaus zurückkamen, war Yagari vor der Tür damit beschäftigt, seine Waffen zu warten. Er war groß und machte mit seinen ungezähmten langen schwarzen Haaren und seinen schroffen Gesichtszügen einen wilden Eindruck. Einige der Waffen eines Vampire Hunters waren mit einer speziellen Formel versehen, und Yagari versäumte es nie, diese Waffen besonders gründlich zu pflegen. Trotz seines nachlässigen Äußeren war er hierbei erstaunlich gewissenhaft. Zero konnte die Persönlichkeit seines Meisters immer noch nicht so recht einschätzen. Aber die ganze Familie stand ihm nahe, da er sich von Zeit zu Zeit auch um Zeros Zwillingsbruder Ichiru kümmerte. Mehr als ein Meister war er vielleicht so etwas wie ein sehr viel älterer großer Bruder.

»Wir sind wieder da!«, begrüßte Zero ihn, während Kaito schwieg.

Kaitos Meister hatte sich vor einigen Tagen bei einem Job verletzt. Daher war sein Schüler für die Zeit seiner Genesung von Yagari aufgenommen worden. Kaitos Meister war offenbar Yagaris Senpai. Obwohl er so ungesellig wirkte, hatte Kaito einen ziemlich großen Bekanntenkreis. Vielleicht war er von Natur aus eher ein Einzelgänger, jedenfalls hatte er bisher weder Zero noch Yagari gegenüber sein distanziertes Verhalten aufgegeben. Offenbar machte sich nur Zero deswegen Gedanken, denn Yagari blieb davon völlig unbeeindruckt.

»Hi! Na, wie war die Jagd?«, fragte Yagari, ohne seine Zigarette aus dem Mund zu nehmen. Er warf einen Blick auf die Beute in Zeros Hand.

»Zu zweit einen Hasen?«

»Fürs Essen reicht das ja wohl, oder?«, gab Kaito barsch zurück.

»Das ist wahr …«, gab Yagari zu und lachte leise.

Am nächsten Morgen machte sich Zero voller Eifer an seine Tagesaufgabe: Holzhacken. Er hob das Beil mit beiden Händen hoch, zielte und ließ die Arme herabsausen. Es war harte Arbeit. Für sein Alter war er zwar gut trainiert, aber das Beil war schwer und es waren auch nicht gerade wenige Holzklötze. Man brauchte viel Schwung, um die Klötze richtig zu spalten. Dazu musste man weit ausholen und die Kraft richtig dosieren, sonst taten einem schnell die Arme weh.

»Das nervt.«

Kaito hatte erst ein paar Blöcke gespalten, als er auch schon das Beil zur Seite warf.

»Zero, mach meinen Teil für mich mit!«

»Das ist ein notwendiges Training! Es stärkt die Arm- und Rückenmuskulatur und soll dadurch die Körperkraft ...«

»Schwachsinn! Das hier? Glaubst du das etwa im Ernst? Yagari-san will sich selber die Arbeit ersparen und lässt uns das deshalb machen!«

»Aber es gehört zur Ausbildung.«

»Du weißt doch, was ich draufhabe, oder?«

»Aber Kaito ...«

Als Zero nicht lockerließ, verdrehte Kaito genervt die Augen, griff nach dem Beil, holte schnell aus und spaltete den Klotz genau in der Mitte.

»Siehst du? Ich kann es mit einer Hand besser als du mit beiden. Darum bist du derjenige, der das Training braucht, nicht ich!«

Das Beil fiel scheppernd zu Boden.

»Verdammt, und mein Meister ist auch so einer! Nur weil er sich bei dem Job so dämlich angestellt hat, muss ich das jetzt ausbaden und bin hier gelandet ... Schöne Scheiße! Ich bin Profi, wie kann er mich da in so eine blöde Lage bringen! Ich wäre auch ohne Yagari-san bestens zurechtgekommen.«

»Kaito ... ich finde, jetzt gehst du zu weit. Sei doch froh, dass dein Meister mit einer Verletzung davongekommen ist! Er schwebt doch nicht in Lebensgefahr, oder?!«, widersprach Zero unwillkürlich. Dann erstarrte er erschrocken. Er spürte, dass Kaitos Ausstrahlung mit einem Mal eisig und scharf wurde.

»Du kennst den Krieg da draußen doch gar nicht, was weißt du denn schon?«

»Eh ...?« Kaitos böser Blick lähmte Zero buchstäblich.

»Du stammst aus dem Kiryu-Clan, nicht wahr? Du bist verhätschelt und verweichlicht. Du kannst ja noch nicht mal einen Hasen töten. Wie kannst du nur so naiv sein? Weißt du überhaupt, was Vampire Hunters auf sich nehmen? Welche Bürde sie tragen müssen? Du siehst aus, als ob du gar nichts verstehst. Bist du wirklich bereit für diesen Job?«

»Bereit ...?«

Zeros Familie, der Kiryu-Clan, war tatsächlich seit Generationen eine Familie von Vampire Hunters. Deshalb war es auch Zeros Ziel, ein Vampire Hunter zu werden. Er war fest entschlossen, ein erstklassiger Hunter zu werden, auch für Ichiru, der eine schwächliche Konstitution hatte. Aber wenn Kaito ihn nun nach seiner Bereitschaft fragte ... Ehrlich gesagt, er wusste es nicht genau. Er hatte diesen Weg gewählt, weil er seinen Eltern folgen wollte. Das war alles. Um die Erwartungen seiner Eltern zu erfüllen und seinem Bruder zu helfen, damit sie beide richtig gute Hunter werden konnten. Die Arbeit der Vampire Hunters beinhaltete, Vampire zu töten, die auf der Vollstreckungsliste standen. Der Mord an einem Vampir war kein Verbrechen. Das wusste er. Doch ... er war noch nie bei einer Vampirjagd dabei gewesen.

»He, Zero, du hast Besuch. Überraschung!«

Yagari war plötzlich aufgetaucht. In seinen tiefschwarzen Augen lag ein zartes Lächeln.

»Eh? Wer ...«

»Zero!«

Der Junge, der auf ihn zulief und ihm um den Hals fiel, war mit seinen glänzenden Haaren und dem fein geschnittenen Gesicht das reine Abbild von Zero – sein Zwillingsbruder Ichiru.

»Eh? Ichiru?«

»Lange nicht gesehen, Zero!«

»Geht's dir gut?«

»Ja! Mein Fieber ist wieder gefallen, darum haben sie mich mitgenommen!«

»O-too-san und O-kaa-san, ihr auch ...?«

Ichiru strahlte den vollkommen überraschten Zero an. Hinter ihm standen ihre Eltern.

»Ist das auch okay, Ichiru? Wäre es für deine Gesundheit nicht besser, du wärst in einer etwas milderen ...«

»Das dachten wir auch, aber Ichiru wollte dich unbedingt sehen, da war nichts zu machen!«

»Na ja, wenn ich kein Fieber bekommen hätte, hätte ich ja auch hier die Ausbildung begonnen! Oder, Meister?«

Yagari beantwortete Ichirus argloses Lächeln mit einem Achselzucken.

»Ja, da hast du sicher Recht.«

»Ab heute werde ich auch trainieren! Ich darf doch, oder? Wenn ich groß bin, will ich zusammen mit Zero auf die Jagd gehen!«

Inmitten des plötzlichen Trubels stand Kaito stocksteif da, als fühlte er sich nicht wohl in seiner Haut. Zeros und Ichirus Vater legte seine Hand tröstend auf den Kopf des Jungen. Sie war groß und trocken und drückte mehr aus als Worte.

»Ich habe das von deinem Meister gehört … Das Wichtigste ist, dass er überlebt hat.«

Kaito blieb stumm und reagierte nur mit einem leichten Nicken.

Im Wohnzimmer des Blockhauses breitete sich der Duft des Kaffees aus, den Yagari aufgebrüht hatte. Zeros Mutter hatte sich in die Küche begeben, da sie vom Feld in der Nachbarschaft frisches Gemüse mitgebracht hatte. Der frische Duft vermischte sich mit dem des Kaffees. Wahrscheinlich kochte sie ihre Spezialität: eine reichhaltige Gemüsesuppe.

»Ich glaube, alle Mütter dieser Welt wollen einen immer dazu bringen, reichlich Gemüse zu essen«, meckerte Yagari und erntete zustimmendes Gelächter.

»Zero, Ichiru!«

Die beiden hoben die Köpfe, als sie gerufen wurden, und ihr Vater schoss mit seiner Kamera ein Foto von ihnen. Es war eine Angewohnheit der Vampire Hunters, sich ständig zu fotografieren. Die Arbeit eines Hunters war immer von

Gefahr und vom Tod begleitet. Sie lebten immer in der Unsicherheit, plötzlich aus dieser Welt verschwinden zu müssen. Vielleicht wollten sie deshalb einen Beweis ihrer Existenz in Form von Fotografien hinterlassen. Etwas, das sagte: Hier, das waren wir.

Ein Stück von Zero und Ichiru entfernt, die nebeneinander saßen, hatte Kaito auf dem Sofa die Beine von sich gestreckt und betrachtete die Zwillinge staunend. Sie glichen sich wie ein Ei dem anderen.

»Jetzt vielleicht eins vor dem Kamin?«, schlug ihr Vater vor. Zero stellte sich neben Ichiru, der fröhlich nach Yagari rief.

»Meister, kommen Sie auch!«

»Und Kaito. Du auch!«, forderte Zero Kaito auf, der sich bewusst aus dem Kreis abgesondert hatte. Offensichtlich widerstrebend stand er auf und stellte sich dazu. Normalerweise hätte er sicher mit einem schroffen

»Keine Lust.« abgewehrt, aber offensichtlich nahm er in diesem Fall Rücksicht auf Zeros Familie.

Der Kameraauslöser klickte und Yagari und Kaito wurden mit den Zwillingen in der Mitte auf dem Foto festgehalten.

»So, ihr Lieben, hier kommt meine Suppe mit viel Gemüse drin! Vor allem ihr drei Jungs müsst tüchtig zulangen!«, rief Zeros Mutter fröhlich. Kaito nutzte diese Aufforderung, um sich schnell von Zero zu entfernen.

Nach dem Essen nahm Ichiru an dem Training von Zero und Kaito teil. Er ließ sich nicht davon abhalten. Doch das einzige Resultat war, dass er den ohnehin schon ungeduldigen Kaito auf die Palme brachte. Da Ichiru beim Laufen schnell außer Atem geriet, musste er langsam gehen und brauchte von Zeit zu Zeit Pausen. Für Kaito war er ganz einfach zu lahm, so dass er das Ganze als reine Zeitverschwendung betrachtete. Es war offensichtlich, dass er es extrem ermüdend fand, nicht in seinem üblichen Tempo laufen zu können.

»Hey, Zero!«

Kaito deutete mit dem Kinn in eine Richtung und wies mit dem Zeigefinger auf etwas hin. Es war ein Vogel, den sie auf Yagaris Befehl jagen sollten. Zero betonte mit einem Blick, dass er verstanden hatte.

»Ichiru, schau, dahinten ist ein Vogel. Er ist noch nicht gewarnt, wenn du also deine Aura unterdrückst, triffst du ihn. Pass auf den Rückstoß des Gewehrs auf!«

Zero benahm sich Ichiru gegenüber wirklich äußerst fürsorglich. Kaito empfand das als lächerlich. Zero hätschelte seinen Zwillingsbruder fast wie ein Baby! Kaito schien es, als versuche ein kleiner Vogel, der sich unheimlich ins Zeug legte, einen anderen, genauso kleinen Vogel zu beschützen. Die Brüder waren in Bezug auf ihre Körperkraft völlig unterschiedlich. Außerdem war Zero … so angespannt, oder täuschte er sich? Kaito schüttelte insgeheim den Kopf. Das

Gegenteil hätte er verstanden, wenn nämlich der ständig unterlegene Ichiru Zero gegenüber nervös gewesen wäre.

»In Ordnung«, flüsterte Ichiru und zielte sorgfältig. Der Vogel saß in nicht allzu großer Entfernung auf einem Ast. Selten fand man eine Beute, die so leicht zu treffen war. Gerade deswegen hatte Kaito sie wohl Ichiru überlassen. Doch plötzlich krümmte Ichiru sich und begann zu husten. Wahrscheinlich hatte ihm die kalte Luft hier draußen im Wald zugesetzt.

»Ichiru, alles okay?«, fragte Zero erschrocken und strich seinem Bruder über den Rücken. Natürlich war der Vogel, durch das Husten verschreckt, längst davongeflogen.

»Oh Mann, allmählich reicht es mir …«

Mit einem genervten Seufzer fuhr sich Kaito durchs Haar.

»Du … Ichiru oder wie du heißt, wenn du nicht fit bist, dann solltest du im Bett liegen und dich ausruhen. Ohne dich wären wir wesentlich schneller!«

»Mir geht's prima!«, gab Ichiru störrisch zurück, woraufhin Kaitos Miene sich noch mehr verfinsterte. Er griff nach Ichirus Kinn, näherte sich ihm mit seinem Gesicht und drohte mit leiser Stimme: »Wenn es dir so prima geht, dann behindere uns nicht. Ich finde es nämlich sehr nervig, von so einem Klotz am Bein aufgehalten zu werden, nur weil du dich amüsieren willst. Für mich ist das hier Ernst. Ich bin kein Kindermädchen!«

Auf Ichirus Gesicht breitete sich zusehends ein verletzter Ausdruck aus. Er war bisher noch niemals so offen und böse kritisiert worden. Seine Eltern neigten dazu, ihn zu verhätscheln, weil er ihnen leidtat, und auch Yagari hatte seine Konstitution immer berücksichtigt und ihn bisher nie wirklich schwere Übungen machen lassen. Ichiru biss sich auf die Lippe und gab sich alle Mühe, böse zurückzustarren. Zero konnte förmlich spüren, wie Ichiru nach der Einschüchterung durch Kaito mit aller Macht gegen die Tränen kämpfte. Unwillkürlich fuhr er Kaito an: »Was soll das?! Mach Ichiru keine Vorwürfe!«

»Wieso regst du dich auf? Es stimmt doch! Da bist du ja sogar noch brauchbarer als dein Bruder hier!«

Unbeobachtet von den beiden Streitenden hockte Ichiru mit bebenden Schultern auf dem Boden. Ich hasse den Kerl!, dachte er. Er war gerne mit Zero zusammen, aber er hasste es, mit ihm verglichen zu werden. Warum taten das immer alle? Auch wenn sie sich eine Eizelle geteilt hatten, waren sie doch zwei vollkommen verschiedene Menschen! Schon seit jüngster Kindheit konnte Ichiru die Leute nicht ausstehen, die an ihn und Zero immer die gleichen Erwartungen hatten. In der Beurteilung ging dann Zero als ›hervorragend‹ und er selbst als ›unterlegen‹ hervor.

»Hör auf damit! Ich lasse nicht zu, dass du Ichiru so kränkst!«

»Zero …«

Ichiro liebte einerseits seinen Bruder, der ihn immer und jederzeit beschützte, doch andererseits empfand er auch unerträglichen Neid. Er beneidete den überlegenen Zero um seinen robusten Körper und um seine Begabung zum Vampire Hunter. Er musste wieder husten, diesmal noch heftiger als vorher. Zero kam erschrocken zu ihm gelaufen.

»Ichiru?«

Ichirus Gesicht war rot. Zero legte ihm die Hand auf die Stirn und fühlte, dass sie ganz heiß war.

»Du hast Fieber, Ichiru. Lass uns zurückgehen.«

»O…kay …«

Kaito schulterte Ichirus und Zeros Taschen und warf ihnen einen resignierten Blick zu.

»Was ist, Kaito?«

»Stütz ihn. Wenn er hinfällt, brauchen wir noch länger.«

Nach den Erfahrungen der letzten Tage mit Kaito verstand Zero sehr wohl, dass dieser Satz Kaitos Art von Anteilnahme widerspiegelte. Aber seine Mimik blieb schwer zu durchschauen.

Ichiru sah noch immer traurig und verärgert zu Boden.

»Warum bin ich nicht so robust wie du, Zero?«

»Wenn du größer wirst, kommt das schon noch.«

Selbst die tröstenden Worte seines geliebten Bruders klangen für Ichiru in diesem Moment wie eine Lüge. In Zeros Adern floss doch das gleiche Blut, warum also war er gesund und nur Ichiru war schwach und musste leiden? Er wollte doch zusammen mit Zero die Ausbildung machen. Er wollte später zusammen mit ihm Vampire Hunter werden. Zero war ihm immer um vieles voraus, während er nichts anderes tun konnte, als ihm ans Bett gefesselt hinterherzusehen. Er wollte auch stark werden! Der Groll und Ärger über sich selbst sollten einen kleinen Schatten auf Ichirus Seele werfen. Aber dies war im Moment nur der Auftakt.

»Also, wir vertrauen Ihnen Zero an! Zero, benimm dich, ja?« Zeros Eltern drückten Ichiru an sich, dessen Wangen vom Fieber glühten, und verbeugten sich tief vor Yagari.

»Nein, ich will hierbleiben ... zusammen mit Zero!«

»Ichiru ... du musst erst richtig gesund werden. Hier sind die Temperaturen so niedrig, das greift dich zu sehr an. Wenn du wieder fit bist, kannst du doch wiederkommen. Okay?«, sagte Zero liebevoll, und Ichiru nickte mit offensichtlichem Widerstreben. Zero ertrug es kaum, die hochroten Wangen seines Bruders zu sehen. Er begleitete seine Familie zur Tür, als seine Mutter sich plötzlich umdrehte.

»Ach ja, Zero. Du kommst doch nach Hause, bevor die Sommerferien zu Ende sind? Da sind wir dann schon in unserem neuen Haus. Ich habe Yagari-san darum gebeten, dich dorthin zu bringen.«

»Wir ziehen schon wieder um?«

»Ja. Ich habe schon alle Formalitäten für den Schulwechsel erledigt.«

Vampire Hunters mussten wegen der Verfolgung der Vampire, auf die sie angesetzt waren, ständig den Wohnsitz wechseln. Sie blieben nie lange an einem Ort.

»Schon wieder eine neue Schule …«

Der Wechsel kam immer so plötzlich, dass er jedes Mal seine Freunde verlassen musste, ohne sich von ihnen verabschieden zu können. Es lohnte sich auch nicht, ihnen die neue Adresse schriftlich oder telefonisch mitzuteilen, er würde ja doch bald wieder umziehen. Das war einfach zu mühsam. Darum riss der Kontakt immer abrupt ab, auch zu den Klassenkameraden, zu denen er gerne eine Freundschaft gehabt hätte. Deshalb hatte Zero auch weder Freunde aus der Kindheit noch einen besten Freund. Das war das Schicksal eines Vampire Hunters. Seit seiner Geburt war dies sein Leben – und er hatte sich daran gewöhnt.

»Ich bin immer bei dir … okay? Zero …«

Eine etwas kleinere Hand nahm Zeros und drückte sie mit aller Kraft. Sie war ein wenig heiß. Unwillkürlich lächelte Zero.

»Na klar, Ichiru!«

Kaito, der zur Verabschiedung vor die Tür gekommen war, stand mit den Händen in den Hosentaschen da und beobachtete die Zwillingsbrüder. In seinem Blick lag ein Hauch von Einsamkeit, so etwas wie Trauer und auch ein wenig Neid.

»Hm...? Was ist das für ein Geräusch?«

Zero lag auf seinem Bett und schlug die Augen auf. Es kam ihm vor, als hätte er Wasserplätschern gehört. Die Uhr auf seinem Nachttisch zeigte schon weit nach Mitternacht. Schnell stand er auf und schärfte seine Sinne. Sofort spannte sich sein Körper an und er war hellwach. Man konnte kaum glauben, dass er bis eben noch geschlafen hatte. Nein, dachte er. Ich spüre nichts von einem Vampir in der Nähe. Als er erleichtert aufatmete, hörte er wieder das Plätschern. Er sah durch das Fenster zum See und entdeckte am Ufer einen schwarzen Schatten. Das war nicht Yagari. Die Gestalt war schmaler und ein wenig durchscheinend.

»Kaito? Er schläft noch nicht ...?«

Da es nachts in den Bergen kalt wurde, zog Zero eine Jacke über den Pyjama und verließ das Zimmer.

In der windstillen Nacht ähnelte der See einem großen Spiegel, in dem hell der runde Mond schwebte. Ein kleiner Stein flog quer darüber hinweg, titschte auf und verschwand. Kaito warf Steine, daher kam das Geräusch! Zero dämpfte seine Schritte und näherte sich ihm behutsam.

»Was machst du hier, Zero?«

»Nichts …«

Zero trat über den knirschenden Kies, bis er direkt neben Kaito stand. In den Bergen waren die Nächte seltsam hell, und so stach Kaitos Silhouette scharf gegen den Himmel ab.

»Kannst du nicht schlafen, Kaito?«

Kaito antwortete nicht auf Zeros Frage. Er warf nur schweigend weiter Steine über den See.

»Du kannst das echt gut!«

Der Stein, den Kaito geworfen hatte, sprang rhythmisch über die schwarze Wasseroberfläche und zeichnete dabei Wellenringe.

»Jetzt gerade ist mir die Hand ein bisschen ausgerutscht. Wenn ich mich richtig anstrenge, titscht er noch öfter auf.«

Kaito sah nicht wirklich unzufrieden aus. Er pfiff kurz und sagte: »Sieh mal!« Zischend flog der Stein durch die Luft und hüpfte mit fröhlichen Sprüngen über das Wasser.

Zero wollte es auch probieren und bückte sich, um nach geeigneten Steinen zu suchen. Kaito warf den Stein, den er in der Hand hielt, hoch in die Luft, fing ihn wieder auf und murmelte in Zeros Richtung: »Du verstehst dich gut mit deinem Bruder, was?«

»Mit Ichiru? Na ja, wir sind Zwillinge. Wir waren immer zusammen, deshalb.«

»Er ist nicht so gut zu gebrauchen wie du.«

»Ichiru ist von Geburt an anfällig.«

»Dann lass ihn nicht seinen Schnabel in unsere Angelegenheiten hineinstecken. So was wie heute möchte ich nicht noch einmal erleben.«

Zero schwieg.

»Dein kränklicher Bruder tut dir leid, was?«

»Nein!«

»Hör zu. Ein Vampire Hunter braucht keine Freundlichkeit. Er braucht nur Stärke, sonst nichts.«

Zero fehlten nach diesem scharfen Angriff die Worte. Es stimmte natürlich, dass bei Ichirus körperlicher Schwäche an ein wirkliches Hunter-Training nicht zu denken war. Darüber waren sich sowohl Zero als auch seine Eltern insgeheim im Klaren. Ichiru hatte es zwar offenbar noch nicht aufgegeben, doch letztendlich konnte er kein Vampire Hunter werden. Er war körperlich einfach nicht dazu in der Lage. Trotzdem, dachte Zero, was meinte Kaito mit Stärke?

»Jemand, der sich nicht einmal selbst schützen kann, wird nur als leichte Beute für Vampire enden, selbst wenn er es schafft, Hunter zu werden. Wobei, dieses schwache Blut werden womöglich noch nicht einmal Vampire wollen.«

»Du gehst zu weit! Nur weil du keinen Bruder hast …!«, zischte Zero aufgebracht und ging Kaito an den Kragen. Doch der wehrte ihn mit Leichtigkeit ab und funkelte ihn an.

»Oh, ich hatte einen Bruder, weißt du?«

»Eh?«

Zero ließ seinen Arm kraftlos sinken.

»Er war auch schwach. Darum kam er nicht mehr zurück. Er war ein Loser. Und deshalb werde ich nicht so.«

»Du hattest einen Bruder?«

Kaito war keine Regung anzusehen, aber im Gegensatz zu seiner sonst so ausdruckslosen Miene wirkte er auf Zero, als würde er mit Gewalt irgendetwas unterdrücken. Ein Gedanke schoss Zero wie ein Blitz durch den Kopf.

»Kaito ... dein Bruder, war er ...«

»Ja.«

Kaito wandte sich abrupt um und drehte Zero den Rücken zu.

»Er war Vampire Hunter. Er ist nicht zurückgekommen, mit anderen Worten ...«

Da Zeros Eltern Hunter waren, wusste er, was das bedeutete. Die Arbeit eines Hunters war immer lebensgefährlich. Man konnte verletzt werden wie Kaitos Meister, man konnte aber auch getötet werden.

»Du bist sicher traurig ...«, murmelte Zero, doch Kaito verneinte mit einem kurzen »Ach, was ... Das ist doch nichts Ungewöhnliches. Geschwister zu haben bedeutet nicht mehr, als dass zufällig dasselbe Blut in den Adern fließt. Er hat mich nicht beachtet und ich hatte auch nichts mit ihm am Hut. Und mit meinen Eltern ist es genauso.«

Kaito hatte sich wieder umgedreht, ein seltsam abgeklärtes Lächeln um den Mund.

»Ich will damit sagen: Nicht in allen Familien dieser Welt

läuft es so toll wie bei euch. Es kann auch vorkommen, dass alle ihre eigenen Wege gehen und sich gar nicht sehen wollen, auch wenn sie zusammen unter einem Dach leben. Ich bin froh, dass ich da raus bin.«

»Kaito …« Zero wusste nicht, was er sagen sollte, und senkte den Blick. Da runzelte Kaito missmutig die Stirn und versetzte ihm einen tüchtigen Schlag auf den Kopf.

»Autsch!«

»Jetzt werd bloß nicht melancholisch, Mann. Ich hab echt keinen Bock darauf, von dir bemitleidet zu werden. Es ist um Längen besser, bei meinem Meister zu sein als bei meiner Familie.«

Im Licht des weißen Mondes sah Kaitos Profil so durchsichtig aus, dass es fast unwirklich wirkte. Seine Haut schimmerte weiß wie Schnee, seine schwarzen Augen glänzten in derselben Farbe wie die Oberfläche des Sees. Waren seine Augen ein wenig feucht oder bildete er sich das ein? Zero tat so, als hätte er nichts bemerkt, und schleuderte den kleinen Stein in seiner Hand mit aller Kraft über das Wasser. Der von Kaito geworfene Stein sprang hinter ihm her, als würde er ihn verfolgen, und zeichnete Wellenringe auf den nächtlichen See. Ring um Ring breitete sich aus.

Eine Zeit lang fuhren die beiden wortlos damit fort, Steine zu werfen. Sie schwiegen und sahen sich nicht an, doch … in diesen Augenblicken herrschte eine freundliche Atmosphäre zwischen ihnen.

Mit einer nicht angezündeten Zigarette im Mundwinkel stand Yagari am Fenster des Blockhauses und beobachtete seine Schüler am Ufer des Sees.

»Kinder finden untereinander wohl ihre eigene Sprache ...«, dachte er. In der Finsternis glühten seine Augen wie die eines Raubtiers. Er entdeckte in Kaitos Profil eine Verletzlichkeit, die er in seiner Gegenwart niemals zuließ. Der Vampire Hunter entfernte sich vom Fenster und streckte sich.

»Nun gut, dann kommen wir wohl allmählich zur nächsten Stufe. Zeigt mir, was ihr gelernt habt, meine Schüler!«

»Habt ihr verstanden? Ihr dürft auf keinen Fall in eurer Aufmerksamkeit nachlassen! Dies hier ist keine Übung wie sonst, sondern ein Job, klar?«

Ein paar Tage nach dem Besuch von Zeros Familie hatte Yagari Zero und Kaito mit in den nahen Wald genommen. Yagari hatte ganz plötzlich den Befehl zu einer Jagd erhalten. Es hieß, dass sich hier im Wald ein Vampir versteckte, der auf der Vollstreckungsliste stand. Auf dieser Liste standen Vampire, die zum Level E degeneriert waren. Level E waren ehemalige Menschen, die auf der untersten Stufe der

Vampirpyramide standen. Ihre Vernunft war zerfressen, sie lechzten pausenlos nach Blut und griffen wahllos Menschen an. Es war der Job der Vampire Hunters, die Level E, die sich in die Welt der Menschen verirrt hatten, aufzuspüren und zu jagen. Zero hatte schon Vampire gesehen, doch es war seine erste Jagd. Dafür trainierte er, und hier kam nun der erste richtige Job auf ihn zu. Und einen Level E hatte er auch noch nie gesehen. Ein Monster, das jeden Menschen angriff, der ihm über den Weg lief, und ihm das Blut aussaugte. Ein Wesen, das sich erst vom Menschen in einen Vampir und dann vom Vampir in ein Monster verwandelt hatte. Zero war ein bisschen nervös. Kaito drehte sich zu ihm um und lachte leise.

»Hast du Angst?«

»Nein …«

Das war zwar gelogen, doch er wollte es nicht zugeben, um nicht schlecht vor Kaito dazustehen.

»Nein.«

Zero fasste das Gewehr in seinen Händen noch einmal fester. Das mit einer Anti-Vampir-Formel versehene Gewehr war mit echten Kugeln geladen und fühlte sich schwerer an als sonst.

»Mist, sieht aus, als würde das Wetter stürmisch. Wartet bitte kurz hier. Rührt euch nicht vom Fleck!«

Yagari sah zum Himmel über dem dichten, dunklen Wald empor und schnalzte gereizt mit der Zunge. Ein Windstoß rauschte durch die Bäume, und im Handumdrehen war er verschwunden. Seine Bewegungen waren schnell wie immer. Sie waren ungewöhnlich geschmeidig und sparsam für einen so großen Mann.

Insgeheim bewunderte Zero seinen Meister. So wollte er auch mal werden.

Die beiden Jungen blieben an Ort und Stelle zurück. Im Wald war es immer ziemlich dunkel, doch diesmal war es noch düsterer und unheimlicher als sonst, obwohl es noch mitten am Tag war.

»Sieht aus, als ob es gleich regnen würde ...«

»Kann sein.«

Als Zero ihn leise ansprach, sah Kaito sich wütend um.

»Bleib wachsam! Wir wissen nicht, wo der Vampir ist!«

»Ja ...«

»Mal davon abgesehen, wohin ist dein Meister eigentlich gegangen? Er wird den Job ja wohl nicht uns überlassen haben, weil er keinen Bock dazu hat?«

»Kaito, du ...«

Zero war zwar an Kaitos bissige Art gewöhnt, aber er konnte nicht ertragen, wenn er schlecht über Yagari sprach. Er wollte ihm empört widersprechen, doch da schoss Kaito plötzlich in den Wald hinein. Zero schrie auf. Aus einem Gebüsch kam kläffend ein wilder Hund hervorgesprungen und rannte davon.

»Ach, ein Hund!«

»Was ist denn in dich gefahren?! Was, wenn es ein Mensch gewesen wäre?«

»Das merkt man an der Aura. Es ist nun wirklich kein Ding, zwischen Mensch und Tier zu unterscheiden«, sagte Kaito großspurig. Doch Zero war nun, nachdem die Kugel dicht an seinem Gesicht vorbeigeflogen war, allmählich am Ende seiner Geduld.

»Und wenn du dich vertan hättest …?«

»Richtig: wenn! Und wenn es ein Level E gewesen wäre, dann hätte er dich locker erwischt, wenn du so lange zögerst! Der Hunter stirbt sinnlos und der Level E entkommt und bringt weiter Leute um. Tolle Story, Mann!«

Zero verschlug es die Sprache.

»Hör zu, wenn du ihn tötest, ist dein Job erledigt. Wenn du getötet wirst, ist dein Leben damit zu Ende. Du begreifst ja wohl, was das Richtige ist?«

Zero blieb die Antwort im Halse stecken. Natürlich war sein Leben zu Ende, wenn er getötet wurde. Die Beweglichkeit eines Vampirs war unbeschreiblich und übertraf die menschlichen Fähigkeiten mit Leichtigkeit. Genau deswegen trainierten Vampire Hunters so hart.

Plötzlich lief Zero ein eiskalter Schauer über den Rücken. Er riss die Augen auf.

»Kaito!«

»Hinter dir, Zero!« Messerspitze Krallen fuhren blitzschnell von hinten an seinem Hals vorbei. Etwas Scharfes ritzte seine Haut, und rote Tropfen liefen aus der Wunde herab. Zero sprang reflexartig zurück, während Kaito sich schnell vor ihn stellte, um ihn zu beschützen.

»Kinderblut … schmeckt süß! Ich hätte gern mehr davon …«

Der Level-E-Vampir vor ihnen bleckte grinsend seine Fangzähne und leckte seine langen, messerartigen Fingernägel ab. Er unterschied sich im Aussehen nicht sehr von einem Menschen. Vermutlich war er ein junger Mann in den Zwanzigern, abgemagert und bleich. Er schüttelte seine struppigen langen Haare, die Fangzähne blitzten aus dem Mund hervor … und seine düsteren Augen lachten.

»Kinderblut riecht köstlich, wisst ihr? Es wäre schade, etwas davon zu vergießen …«

Zero zog die Augenbrauen zusammen, als der Vampir ihn mit seinen Augen fixierte, die bodenlos waren wie eine tiefe Quelle. Was war das da für ein ›Mensch‹? Ein unbeschreibliches Frösteln erfasste seinen ganzen Körper. Er riss fassungslos die Augen auf. Was für ein ›Lebewesen‹ war das?

»Träum nicht rum! Los!«

Peng! Kaito schoss, doch der Vampir war schneller. Mit einem gekonnten Sprung war er der Kugel ausgewichen. Eine Kugel, die ihn nicht einmal streifte, konnte ihm natürlich auch keinen Schmerz zufügen.

»Na, so was … Ich dachte, ihr wärt nur Kinder, aber … ein bisschen was habt ihr wohl drauf …!«

»Halt's Maul!«

Kaito legte erneut an. Doch der Vampir bewegte sich so schnell, dass man ihm kaum mit den Augen folgen konnte, und stand plötzlich hinter Zero.

»Eh …?«

Zero bekam am ganzen Körper Gänsehaut. Es gruselte ihn so sehr, dass ihm der Atem stockte. Kalter Schweiß brach aus und ließ seinen Körper gefrieren. Eine unheimliche Empfindung hüllte ihn ein – sein Herz zog sich zusammen vor Schreck. Er konnte sich nicht rühren, als der Vampir seine Krallen nach ihm ausstreckte und langsam in die weiche Haut seines Halses ritzte.

»Ah …«

Rotes Blut quoll aus der weißen Haut hervor. Lebendiges Rot, das den Vampir berauschte. Vor allem Level-E-Vampire konnten der Verführung des Blutes nicht widerstehen. Sie wollten es. Sie begehrten es. Sie brauchten es. Sie wollten mehr davon. Sie wollten eine Menge davon. Sie wollten darin baden. Würde dann vielleicht dieser quälende Durst gestillt werden? Sie wollten in dieses süß duftende, noch warme lebendige Blut eintauchen und darin untergehen. Danach gierten Vampire, das war ihr Instinkt.

»Zero!«, schrie Kaito.

»Schluss mit dem Fangenspielen … Du brauchst keine

Angst zu haben, ich werd es schnell machen. Es wird nur einen kurzen Augenblick wehtun. Keine Sorge. Ich werde ganz vorsichtig mit dir sein.«

Zero hörte aus nächster Nähe, wie dem Vampir das Wasser im Mund zusammenlief. Er zitterte am ganzen Körper. Die raue Zungenspitze folgte der Blutspur und fuhr an Zeros Hals hinab. Sobald er seine Fangzähne in seine Haut bohren würde, wäre es vorbei. Man wurde natürlich nicht zum Vampir, wenn man von einem Level E gebissen wurde. Doch es war bekannt, dass Level-E-Vampire häufig ihrem Instinkt folgend so viel Blut verschlangen, dass ihr Opfer an Blutverlust starb. Außerdem war Zero bewusst, dass dieser Vampir nicht die geringste Absicht hatte, ihn zu schonen.

»Schieß ruhig ... doch im Gegenzug werde ich im selben Moment den Hals von dem Kleinen hier durchtrennen ... Haha, schon erbärmlich, so ein unerfahrener Hunter ...«

»Scheiße ...!«

Kaito hielt das Gewehr noch immer in den Händen und knirschte mit den Zähnen, als er auf diese Weise verspottet wurde. Zero konnte nur daran denken, dass er jetzt wohl sterben müsste, als er Kaitos verzweifelte Stimme hörte.

»Zero! Wenn du weiterleben willst, dann zeig, was in dir steckt!« Und dann drückte er ab.

»Argh!«

Der Vampir war offenbar nicht auf der Hut gewesen und krümmte sich.

»Verdammt, daneben …! Zero, bist du okay?!«, schrie Kaito, ohne seine Haltung zu verändern. Zero, der sich schnell auf den Boden geworfen hatte, hob vorsichtig den Kopf. Dank seiner kleinen Statur war es ihm geglückt, sich aus dem Griff des Vampirs zu befreien.

»Kai…to …«

Zero taumelte zwar, doch er befolgte die eiserne Hunter-Regel, sich sofort unter Aufbietung aller Kräfte von dem Vampir zu entfernen.

»Du schaffst das nicht. Komm, mach, dass du verschwindest. Ich erledige den Kerl schon.«

Kaitos Kugel hatte den Vampir anscheinend an der Schulter gestreift. Selbst wenn sie nicht genau getroffen hatte, verursachte eine Kugel auch bei einem Streifschuss beträchtliche Schmerzen. Stöhnend vor Qual richtete der Vampir sich auf. Der Level E verlangte bis zum letzten Augenblick nach Blut und fuhr fort, die Zähne zu blecken. Es war ein zutiefst unheimlicher Anblick, wie er schwankend und dennoch mit vor hässlicher Gier funkelnden Augen dastand. Und es war mitleiderregend.

»Er kommt, Zero!«

»Ah …«

»Du darfst nicht zögern! Töte ihn, bevor er dich tötet!«

Zero stand heftig atmend vor dem Vampir, der einem ausgehungerten Raubtier glich. Er hatte es zwar irgendwie geschafft, aufzustehen, doch seine Glieder zitterten und wollten ihm nicht gehorchen. Gab es denn keinen anderen Weg, als diesen Vampir jetzt zu töten? Gab es keine Möglichkeit, diesen Krieg zu beenden? Beispielsweise, ihn nicht zu töten, sondern einzufangen und einzusperren oder etwas in der Art?

»Zero!«, rief Kaito aufgebracht.

»Ich wusste es ja, für einen Kerl, der so nett ist wie du, ist der Hunter-Job nichts«, sagte er bissig und zielte erneut. Wenn sie noch lange herumtrödelten, würde der Vampir ihnen weglaufen, und wenn sie nicht aufpassten, würde er sie sogar beide töten. Kaito schoss. Auch diese Kugel traf den Vampir nicht richtig, sondern streifte ihn nur. Er war ihr im letzten Moment ausgewichen. Kaito schnalzte mit der Zunge.

»So ein zäher Kerl …!«

Der in die Enge getriebene Vampir lag auf dem Boden. Er war schon ziemlich geschwächt. Jetzt würde er ihn sicher nicht mehr verfehlen.

»Warte … Warte bitte … Du bist doch Kaito, oder …?«

Mit letzter Kraft hob der Vampir den Kopf und blickte zwischen wirren Haarsträhnen mit tiefschwarzen Augen zu Kaito auf. Kaito, dessen Finger schon auf dem Abzug lag, erstarrte plötzlich.

»Wer …?«

»Lange nicht gesehen … Wir haben uns lange nicht gesehen, Kaito …«

Ein Gesicht, so verwildert, dass es kaum zu erkennen war, und ein Blick, der ihm irgendwie bekannt vorkam. Jemand, der seinen Namen mit dieser Stimme rief. Ihm fiel nur eine Person ein. Nach einem Augenblick der Stille, der sich wie eine Ewigkeit anfühlte, presste Kaito mit schmerzerfüllter Stimme einen Namen hervor.

»Taito … Nii-san …?!«

»Hilf mir bitte, Kaito … ich bin noch nicht zum Level E degeneriert. Lass mich laufen. Bitte!«

»Nii-san …«

Seinen großen Bruder nach so vielen Jahren überraschend und in einer solchen Situation wiederzusehen traf Kaito hart. Es war grausam.

»Kaito … Ist das da dein …? Ein …?!«

Auch Zero war bestürzt von dieser plötzlichen Wendung.

»Von einem Job ist er nie wieder zurückgekommen … Es war, als ob er die Lust daran verloren hätte und abgehauen wäre … Ich hätte nie gedacht, dass er von einem Reinblüter gebissen wurde …!«

Ein Mensch, der von einem Reinblüter gebissen wurde, verwandelte sich in einen Vampir und degenerierte schließlich zum Level E. So wie Taito. Zitternd stemmte er seinen geschwächten Körper hoch. Seine Kraft war noch nicht vollkommen erschöpft. Taito streckte die Hand nach seinem jüngeren Bruder aus. Kaito stand wie erstarrt da und rührte sich nicht … »Hilf mir bitte, Kaito … Ich will noch nicht sterben … darum …«

Zack! Mit einem Geräusch, als würde man ein Messer in eine Frucht stechen, bohrten sich im nächsten Moment Taitos scharfe Nägel in Kaitos Schulter. Obwohl er schon zweimal angeschossen worden war, konnte er sich noch unglaublich flink bewegen. Selbst Kaito konnte dem nicht standhalten und sank in die Knie.

»Kaito?! Kaito, bist du okay ... Wah!«

Zero wollte zu Kaito laufen, da hatte Taito ihn auch schon gepackt. Er spürte, wie der heiße Atem des Vampirs über seinen Hals strich, und geriet völlig in Panik.

»Lass mich los, lass mich sofort los!«

Er strampelte nach Leibeskräften, doch er war zu klein, um sich gegen die Kraft des Vampirs wehren zu können.

»Ihr habt mir ganz schön Schmerzen zugefügt! Ich werde dir bis zum letzten Tropfen das Blut aussaugen. So wirst du mir helfen, wieder zu Kräften zu kommen.«

»Hör auf!«, schrie Kaito mit blitzenden Augen. Er lag immer noch auf dem Boden. Der Level E war geschwächt und brauchte menschliches Blut, um sich zu stärken. Wenn er Zero biss, würde er ...

»Lass es, O-nii-san!«

»Versuch doch, mich aufzuhalten, wenn du kannst. Du bist doch Hunter, oder?«, sagte Taito spöttisch. Als er langsam den Mund öffnete, erschienen an den Seiten die zwei weißen Fangzähne. Gerade als er sie in Zeros weichen Hals bohren wollte ...

»Was stellt ihr euch eigentlich so dämlich an, ihr Trottel-Schüler?!«

Offensichtlich wütend war Yagari aufgetaucht und versetzte Taito einen erbarmungslosen Tritt. Zero rutschte aus seinen Armen, knallte auf den Boden und musste husten.

»Es war wohl noch zu früh für dich, was, Kaito?«

Yagari legte behände die Waffe an und wollte den Vampir ohne jegliches Zögern erschießen. Zero wurde bleich, als er sah, was Yagari vorhatte.

»Meister! Das ist Kaitos Bruder!«

»Das stimmt nicht! Das da ist nicht Taito! Das da ist nur ein Level E!«, schrie Kaito, als wollte er Zeros Bitte damit abwürgen.

Richtig. ›Das da‹ war nicht Taito. Früher war er tatsächlich einmal jemand gewesen, den er seinen Bruder genannt hatte, doch jetzt war er ein Level-E-Vampir. Es war sein Job, ›das da‹ zu jagen, und in diesem Job war kein Platz für persönliche Gefühle … Aber warum hatte er dann gezögert? Kaito warf einen schnellen Blick auf Taito, der sich kaum noch bewegen konnte und sich auf dem Boden wand. Ja, es war wohl so gewesen, dass er für einen Moment an früher hatte denken müssen … Kaito schämte sich, dass er sich durch persönliche Gefühle hatte ablenken lassen. Bis jetzt hatte er Zero immer so arrogant erzählt, dass im Job Sentimentalitäten nichts zu suchen hätten, und nun dies.

»Yagari-san …«

»Was? Willst du etwa immer noch um das Leben deines Bruders betteln?«

Kaito schüttelte sofort den Kopf und richtete seinen entschlossenen Blick auf Yagari.

»Nein. Das da ist meine Beute. Bitte lassen Sie es mich zu Ende bringen.«

»Kaito! Ist das dein Ernst?!«

Bei Zeros Ausruf fand Kaito seine Gelassenheit wieder.

»Egal wie er in der Vergangenheit genannt wurde, jetzt ist er ein Level E, und ich bin ein Hunter. Das ist die einzige Beziehung zwischen uns.«

Während das Blut aus seiner Schulter strömte, legte Kaito das Gewehr an. Er hatte jeden emotionalen Ausdruck aus seinem Gesicht verbannt. Dann schoss er. In seinen fließend aufeinanderfolgenden Bewegungen war keinerlei Zögern oder Furcht zu erkennen. Zero beobachtete die Szene mit angehaltenem Atem. Taitos getroffener Körper verwandelte sich innerhalb von Sekunden zu Sand. So starben Vampire. Der Wind zerstreute den Sand in alle Richtungen und ließ keinerlei Spur zurück. Die Sandkörnchen, die der Wind mit sich davontrug, glitzerten ein wenig … Es war ein trauriger Anblick.

»Gut gemacht. Der Job ist erledigt«, erklang Yagaris vollkommen ruhige Stimme. Kaito murmelte mit leerem Blick:

»Ich dachte, ich würde ihn nie wiedersehen.«

»Wie lange war er schon verschollen?«

Yagari bewahrte wie immer seine kühle Gelassenheit. Kaito stieß einen Seufzer aus, als wäre er erschöpft.

»Wann war das noch … ich hab es schon vergessen. Ich wohnte ja auch nicht mehr zu Hause …«

Aus Kaitos Schulter tropfte Blut. Die schwarze Erde saugte beides auf, die roten und die durchsichtigen Tropfen. Zwei Flüssigkeiten in verschiedenen Farben. Die eine strömte aus seiner verwundeten Schulter, die andere floss aus seinen Augen. Er starrte Yagari, der sich sofort wieder eine Zigarette angezündet hatte, aus roten Augen böse an.

»Du hast mich auf die Probe gestellt, oder?«

»Ja. Aber dass dieser Level E dein Bruder war, das wusste ich nicht. Hey, ihr beiden. Ich kümmere mich mal um eure Verletzungen, kommt her!«, rief Yagari seine Schüler zu sich und fing gleich an, die Wunden zu verbinden. Man musste keinen großen Aufstand deswegen machen, aber man konnte sie auch nicht einfach unbehandelt lassen. Kaitos Schulterwunde war übel, und auch Zero hatte leichte Schnitte am Hals.

»Du hast 'nen miesen Charakter!«

Kaito war wieder ganz der Alte.

»Das merkst du jetzt erst?«

Während Yagaris große Hände ihn verbanden, kam Zero plötzlich ein Gedanke. Was würde passieren, wenn er in dieselbe Situaton geriete wie Kaito? Wenn er seinen leiblichen Bruder mit seinen eigenen Händen töten müsste? Kaitos

Bruder … das hieße, er müsste Ichiru …? Wenn Ichiru zu einem Level E würde … Seinen eigenen Bruder, seinen Zwilling, der ihm näherstand als jeder andere Mensch, mit eigenen Händen …

»Ob ich schießen könnte …?«, murmelte Zero und erschauerte.

»Ah? Ist was, Zero?«

»Äh, nein … es ist nichts.«

»Na, gehen wir erst mal zurück. Ich mach euch etwas Warmes zu trinken.«

Es war die Aufgabe eines Hunters, zu schießen, egal um wen es sich handelte … Er würde schießen müssen. Denn das war sein Job. Jetzt begriff auch Zero, dass Kaito die richtige Entscheidung getroffen hatte. Aber wenn man ihm nun dasselbe befahl? Er war sich nicht sicher. Seine Hände zitterten allein bei dem Gedanken daran, Menschen zu töten, die ihm etwas bedeuteten.

Wahrscheinlich musste man als Vampire Hunter nicht nur gut trainiert sein, sondern auch ein starkes Herz haben. Yagari war stark. Kaito war stark. Er selbst musste auch stark werden. Viel, viel stärker, als er es jetzt war. Seine jetzige Stärke würde niemals reichen.

»Dein Bruder ist dir nicht böse … glaube ich«, sagte er zu Kaito, während sie mit Rücksicht auf ihre Verletzungen langsam nach Hause gingen. Er hatte das Gefühl, dass er ihm wenigstens das unbedingt mitteilen musste. Kaito sah Zero mit einem zutiefst angewiderten Gesichtsausdruck an. Seine Augen sagten, dass er nicht besonders gut darin war, sich trösten zu lassen.

»Wenn man zum Level E wird, wird man von irgendjemandem getötet. War es nicht letztendlich schön, dass er dich zum Schluss noch einmal wiedersehen konnte …? Ich glaube, dass es für dich schlimm war, aber … von dir und nicht von einem unbekannten Hunter getötet zu werden war immer noch besser als von einem unbekannten Hunter.«

Kaito lächelte bitter bei Zeros kleiner Ansprache.

»Hey … vielleicht ist es ja auch die Aufgabe eines Hunters, das Leiden eines zum Level E degenerierten Menschen zu beenden. Irgendwie … hab ich das eben gedacht.«

Kaito fuhr sich durch die Haare und sah zum dunklen Himmel auf.

»Niemand degeneriert freiwillig zum Level E. Ihn zu töten ist vielleicht auch eine Art Freundlichkeit. Wir Hunter beenden nicht nur das Leben der Level E, sondern … vielleicht auch ihre Qualen … Da sie sich nicht selbst kontrollieren können, muss sie ja irgendjemand stoppen …«

»Ja … du hast Recht …«

Yagari, der bisher so getan hatte, als hörte er nicht zu, legte eine Hand auf Zeros und die andere auf Kaitos Kopf, packte sie fest und rüttelte sie ordentlich durch.

»He … Aua!«

»Uwah, Meister, das tut doch weh!«

»Das ist meine Form der Zuneigung, seid dankbar dafür, Jungs!«

»Also ich kann bestens drauf verzichten!«, motzte Kaito mit vor Verlegenheit knallrotem Gesicht zurück.

Zero musste unwillkürlich lachen, weil Kaito sich bisher noch nie so kindisch aufgeführt hatte. Mit einem Seitenblick auf seine Schüler dachte Yagari insgeheim: »Habt ihr gut gemacht, Jungs …«

In diesem Alter einen solchen Job erfolgreich zu erledigen war so gut wie unmöglich. Und nicht jeder war für die Arbeit als Vampire Hunter geeignet. In diesem Beruf war man von unendlicher Dunkelheit und Kälte umgeben. Mit Halbherzigkeit kam man da nicht weiter. Yagari erstickte die Frage, die er seinen Schülern stellen wollte, im Rauch der Zigarette, den er aus seinem Mund ausblies. Wisst ihr, meine Schüler, dass ihr freiwillig einen dornenreichen Weg gewählt habt? Doch die beiden Jungen ahnten nicht das Geringste von den Gedanken ihres Meisters.

Vor ihm lag ein etwas abgegriffenes Foto. Es war das Foto, das damals vor dem Kamin aufgenommen worden war. Zero lag auf seinem Bett im Haus Sonne und betrachtete das Bild. Er stieß einen kleinen Seufzer aus.

»Stimmt … damals hatte der Meister noch beide Augen …«

Seitdem war viel geschehen. Man konnte fast sagen, zu viel. Kurz nachdem jener ›Job‹ erledigt war, hatte Yagari sein rechtes Auge verloren – durch Zeros Schuld. Die Schulärztin seiner Grundschule war eine liebe und hübsche Frau gewesen – und auch sie war ein ehemals menschlicher Vampir. Diese Ärztin war eines Tages plötzlich vor Zero und seinen Mitschülern zum Level E degeneriert. Obwohl Zero sah, wie sie mit dem Instinkt des Vampirs ihre Reißzähne bleckte, konnte er es nicht glauben – und versuchte, sie zu verteidigen.

»Unsere Ärztin ist nicht böse!«

Yagari bezahlte mit seinem rechten Auge für Zeros Naivität. Bei der Verteidigung seines Schülers wurde sein Auge durch den Level E zerstört. Eine Zeit lang konnte Zero seinem Meister nicht mehr ins Gesicht sehen. Der Verband, der die noch nicht ausgeheilte Wunde bedeckte, erinnerte ihn daran, was durch seine Schuld passiert war: Yagari würde sein rechtes Auge nie wieder benutzen können. Seinetwegen. Durch sein Versagen war Yagaris Auge …

»Es tut mir leid! Verzeih mir, Meister …«

Zero hatte sich die allergrößten Vorwürfe gemacht und

Yagari um Verzeihung gebeten. Er wusste, dass er damit nichts wiedergutmachen konnte, aber er musste ihn einfach um Verzeihung bitten. Und auch wenn er sich schwor, dass er bereit war, auf jede nur denkbare Art und Weise dafür zu büßen, kamen aus seinem Mund doch nur dieselben Worte.

»Oh Mann! Ich hab dich nicht gerettet, damit du so ein Gesicht machst.«

Yagari hatte Zero verziehen und wuschelte ihm mit seiner großen Hand durchs Haar.

»Warum verletzen Vampire Menschen?«, hatte Zero gefragt.

»Weil sie erbärmliche Wesen sind, die sich ihrem Instinkt nicht widersetzen können … Zero, du hast es jetzt begriffen, oder? Vampire können nur unsere Feinde sein.«

Zero war nur noch am Leben, weil Yagari ihn beschützt und dabei sein rechtes Auge verloren hatte. Diese Schuld vergaß er nie. Er wollte ein Mensch werden, der es Yagari nicht bereuen ließ, ihn gerettet zu haben.

Yagari sah auf dem Foto aus wie immer, Kaito machte ein missmutiges Gesicht, er selbst lachte etwas unschlüssig und Ichiru lächelte unbeschwert.

»Ichiru …«

Zero wusste nicht, wo sein Zwillingsbruder jetzt war. Diese vier Menschen würden wohl nie wieder so zusammenfinden.

Plötzlich ertönte eine heitere Stimme: »Ach, das ist doch

Kaito-kun, nicht wahr? Man sieht dich nicht gerade oft Fotos anschauen, Zero!«

Zero schnalzte ungehalten mit der Zunge.

»Kommen Sie gefälligst nicht rein, ohne anzuklopfen!«

»Das hab ich doch, ganz wie es sich gehört! Du hast nicht geantwortet, daher dachte ich, du schläfst. Und? Hast du Sehnsucht bekommen, weil dein Meister wieder fort ist?«

War es Unbedarftheit, Absicht oder Provokation, jedenfalls ignorierte der Direktor die Spannung, die in der Luft lag. Es waren erst ein paar Tage vergangen, seit der Hunter-Verband Yagari an die Academy geschickt hatte. Allmählich fand Zero wieder zu seinem normalen Leben zurück. Auch wenn er wusste, dass es niemals wieder ganz normal sein würde. Er würde sich mit Händen und Füßen wehren, so gut es nur ging. Er würde nicht mehr weglaufen. Das hatte er Yagari und auch Yuki versprochen. Als Zero ihn böse anstarrte, zuckte ein Lächeln über das Gesicht des Direktors.

»Ach herrje, Kiryu-kun, nimm das doch nicht so ernst! Das war ein Scherz!«, sagte Direktor Kurosu resigniert. Er hatte sein langes Haar zu zwei Zöpfen gebunden und trug eine Küchenschürze. Offenbar war das Essen fertig und er war gekommen, um Zero zu rufen.

»Ich will nichts essen.«

»Na komm schon! Yuki wartet auch schon hungrig auf dich!«

Seufzend richtete sich Zero halb vom Bett auf. Wenn er Yuki mit den merkwürdig gewürzten Speisen des Rektors allein ließ, könnte er sich hinterher auf eine gesalzene Predigt gefasst machen.

»Heute gibt es meine Spezial-Perilla-Spaghetti mit Babysardinen, meine Spezial-Tarokartoffeln mit blanchierten Bambussprossen und als Hauptgericht mein Spezial-Hühnchen-Kräutersalz-Sauté mit Kresse. Los, beeil dich, bevor es kalt wird!«, trieb der Rektor ihn an. Doch dann schien ihm etwas einzufallen, denn er drehte sich um.

»Was ist?«, fragte Zero unfreundlich.

»Kaito-kun ist anscheinend ein hervorragender Hunter geworden. Man hört viel von ihm.«

»Ah, ja?«

»Also, komm schnell!«, sagte der Direktor noch, bevor er das Zimmer verließ. Zero stand auf und sprach das Foto auf dem Bett an.

»Kaito. Wirst du kommen …?«

Irgendwann würde sein Körper sich in Sand auflösen. Wer würde den Abzug der Waffe drücken: Yagari, Kaito oder Yuki? Wenn er zum hässlichen Level E verkommen wäre, wünschte er sich, dass man ihm wenigstens unverzüglich den Gnadenschuss versetzte. Er brauchte kein Mitleid und keine Unschlüssigkeit. Er wollte, dass man ihn kurz und schmerzlos tötete, so dass er keine Zeit haben würde, sich an diese Welt zu klammern. Zero wusste, dass diese Zukunft in nicht

allzu großer Ferne lag. Vielleicht hätte er sein Leben beenden sollen, als er von der Wahnsinnigen Blütenprinzessin … einem reinblütigen Vampir gebissen worden war. Er hatte sich entschieden zu kämpfen. Deshalb würde er nicht weglaufen, wenn der Moment kam und er Kaito wiedersah. Würde Kaito ihm den Gefallen tun, ihn ohne zögern zu töten …? Er hatte damals gesagt, dass er nicht nur das Leben, sondern auch die Qualen des Vampirs beendet hatte. Diese Qualen empfand Zero jetzt.

»Aber ich versuche noch ein bisschen dranzubleiben. Nur noch ein bisschen, so erbärmlich es auch sein mag …«

NACHWORT

Guten Tag, liebe Leser, ich bin Ayuna Fujisaki.

Haben Euch die Vampire Knight-Novels ›Eisblaues Verbrechen‹ und ›Augenblicke‹ mit den wunderbaren Bildern von Hino-sensei gefallen? (Fuka ist so süß! Und Kaito sieht toll aus! Vielen Dank, Hino-sensei, dass Sie sich die Zeit genommen haben!)

Ich habe schon früher unter anderem bei der LaLa-Drama-CD und einer Beilagen-CD mit Vampire Knight zu tun gehabt. Schon deswegen fühle ich mich mit diesem Werk irgendwie richtig schicksalhaft verbunden.

Nachdem die Redakteurin I. mich mit den Worten: »Du machst die Novel!« (← Nicht: »Hast du Lust zu machen«, sondern »Du machst …«. In ihrem Kopf war es schon beschlossene Sache.) (lol) für den Job auserkoren hatte, kam aus ganz anderer Richtung noch die Anfrage, ob ich Lust hätte, beim Drehbuch für den Anime mitzumachen. Das war garantiert Miss I.'s Intrige, mit ihrem »Schreib über Aido! Schreib über Aido!« (lol). Wie auch immer, ich bin unheimlich glücklich, dass ich so viel mit meinem heiß geliebten Vampire Knight zu tun habe.

Die Vampire Knight-Welt wird mit dem TV-Anime, den Drama-CDs usw. immer wunderbarer und prachtvoller, aber ich würde mich sehr freuen, wenn Ihr auch die Novel lieben würdet.

Im April 2008
Ayuna Fujisaki

JAPAN IST NÄHER ALS DU DENKST!
DAISUKI – DAS Manga-Magazin!
LIFESTYLE MADE IN JAPAN
DAISUKI
NEWS & TRENDS AUS JAPAN
Coole Gewinn-spiele
Die besten Manga-Serien, von Vampire Knight bis Fruits Basket
EURE STERNE IM FRÜHLING
KIMONOS
DIE HOHE KUNST DES ANZIEHENS
SKIP BEAT!
UNVERHOFFT KOMMT OFT
FRUITS BASKET
PYJAMAPARTY
NEU: KISU STRIPT!
Jeden Monat neu!
ISBN: 978-3-551-78664-7
9 783551 786647
Alle Infos auf
www.daisuki-online.de
DAISUKI

fesseln des verrats
In den Gedanken eines Fremden
Highschool-Schüler Yuki hat zunehmend das Gefühl, dass es in seinem Leben nicht mehr mit rechten Dingen zugeht. Die ständig wiederkehrenden Träume sind da noch das geringste Problem – denn Yuki findet heraus, dass er die Gedanken seiner Mitmenschen lesen kann, indem er sie berührt! Und dann taucht auch noch dieser schöne junge Zess auf, ein seltsamer Unbekannter, der Yuki erklärt, er werde ihn beschützen...
Fesseln des Verrats
Hotaru Odagiri
Fesseln des Verrats
von Hotaru Odagiri
Bislang 3 Bände in Japan
Von der Zeichnerin von
Only The Ring Finger Knows
CARLSEN MANGA!
www.carlsenmanga.de